你命中有我

黄堇 著

華中科技大學出版社
http://www.hustp.com
中国·武汉

图书在版编目（CIP）数据

你命中有我 / 黄堇著 . -- 武汉 : 华中科技大学出版社 , 2019.1

ISBN 978-7-5680-4543-8

Ⅰ . ①你… Ⅱ . ①黄… Ⅲ . ①长篇小说 – 中国 – 当代 Ⅳ . ① I247.5

中国版本图书馆 CIP 数据核字 (2018) 第 198869 号

你命中有我
Ni Ming Zhong You Wo

黄堇 著

出版发行：华中科技大学出版社（中国·武汉） 电话：（027）81321913
武汉市东湖新技术开发区华工科技园 邮编：430223

责任编辑：熊 纯 责任监印：朱 玢
责任校对：段园园 装帧设计：光体文化

印刷：深圳市福威智印刷有限公司
开本：880mm × 1230mm 1/32
印张：6.75
字数：88 千字
版次：2019 年 1 月第 1 版 第 1 次印刷
定价：38.00 元

投稿热线：13710226636 1275336759@qq.com
本书若有印装质量问题，请向出版社营销中心调换
全国免费服务热线：400-6679-118 竭诚为你服务

序

每个人都憧憬着属于自己的幸福，却少有人明白自己到底需要什么。过去的，已经成为历史；未来的，不知何时出现。能被掌握的，也只能是现在，只能是当下。

作为《我》的“青春三部曲”中的最后一部，离第一部动笔，已经过去了许多年。这些年间，发生了很多故事，有人恋爱了，又失恋了；有人失恋了，又恋爱了；有人结婚了，又离婚了；有人离婚了，又结婚了。大家在婚姻的十字路口来来往往，或是乐此不疲，亦或是疲于应付。

人们面对自己的现实世界，都有过挣扎，但不是每个人都经历过奋不顾身的感情。人到中年时，大多数人选择“认命”。他们在力不从心的时候，麻木地告诉自己：“这大概就是命运的安排。”

从古至今，有各种经典学说和习俗指引着人们处理生活中的各种事务。但却缺少系统指导人们处理婚姻与家庭的作品，例如婚前教育、婚后教育、不婚教育，告诉大家如何面对“小家”。

有没有某种逻辑能够预测人生中的跌宕起伏？人们即便是力不从心，也需要继续坚持，也需要永不言弃，要坚信“我明白我想要什么”。

有人说，也许放下才能重新开始，因为没有人告诉我们当下的选择最后是正确的还是错误的。

有人说，感情需要培养，需要磨合，需要时间证明。而岁月却无法承受我们重新再来，何解？

此书献给我的青春，感谢经历的所有，谢谢你出现在我的生命里。

1

十八楼的太阳，在清晨时分，显得格外透亮，即便是遮光窗帘，也没能挡住刺眼的阳光偷偷从缝隙中照射进房间。我昨晚写文章直到深夜，这种状态已经持续了很长一段时间。说好的“早睡早起”，当然最少要遵守一个，不能早睡，那就尽量早起。

睡眠不足时，眼睛跟不上大脑的节奏，所以半睁着，磨蹭着准备睡个回笼觉。我侧着身子透过窗帘缝隙看着阳台，晾衣架上的白色T恤衫全是我的，一模一样的十几件，因为我喜欢简单。他们说这叫“极限民”，不管是什么“民”，我就享受这份简单的快乐。不用做选择才能有效地治好“纠结癌”患者。马上到了深秋，她把夏天的衣服都洗了，准备封存起来，一个收纳狂最喜欢的也许就是秋天，换季时把家里所有东西都重新打理一遍。

“别动！”她从身后抱着我，又使出来“少林十二路盘腿”，整个人像树藤一样缠绕在我身上。

“别闹！”我使出“八级钳工”的解锁技能，试图挣脱，但也不敢太用力，怕伤着她的细胳膊细腿。

她在我耳根轻轻地说：“再睡一小会儿，咱们一起去晨练。”话音刚落下三秒，又大吼一声：“好啦！一小会儿已经到了，起床！”

我晨练的习惯已经有很多年了，偶尔荒废，因为赶书稿，作息总有混乱的时候，但总体延续着早起晨练的习惯。被她“锁”得一动不动，我只能拿起手机，打开蓝牙播放音乐，一首《卡农》响起，这也是我的老习惯：每天起床用手机写一篇小短文，算是我们文字工作者的基本功练习。

“你猜早餐吃什么？”

我一边盯着手机一边打字，一边回答：“随便啊，寡人不挑食。”

“猜猜嘛！默契大考验。”她也起身靠在床头，盘起了头发。

我说：“不会是粑粑吧？”她总在玩这么幼稚的游戏，我也总要配合一下。因为她特别不信“默契”是真的，我又无法用现有的科学去解释为什么经常能猜中她想说什么、做什么，只能用默契告诉她我们之间这份奇妙的情感。

“严肃认真地猜！快点！”她依偎在我身旁，用手盖住我的手机屏幕。

按我的习惯，早餐都是各种八宝粥，薏米百合莲子粥之类的。如果她问了，多半是别的。一大早还没起床，肯定不能现做现猜，那就很可能是脑筋急转弯吧。

我“奸笑”着问：“早餐不会是吃我吧？”

“答对了！”她猛地翻滚到我身上，张着血盆大口说，“开吃！”

“别啊，我在工作，宝听话，忙着呢。”

“你忙你的，我忙我的，互不干涉。哟呵！”

“寡人可要叫了啊！”我放下手机，撑住了她的肩膀。

她双手在我身上挠着痒痒，学着电影里的台词说：“你叫啊，你叫破喉咙也没人搭理你。”

“我‘大姨夫’来了，别动！”

“哇哈哈，‘大姨夫’也救不了你。”她停顿了一下，说，“算了，不逗你了。我昨天刚学的，做给你吃。赶紧起床，我和完面放那儿，跑步回来再做。”她下床洗漱，我还赖在床头继续把刚刚没写完的内容写完。

她端过来一杯水，转身去换衣服。我一口气把水喝了，说：“我干了，您随意！”

“你说我大早上穿这么性感的运动衣出门，会不会引起交通事故？你说，你是不是早就贪图我的美色？”

我抬头瞥了一眼她换上的紧身运动装，装着无奈地回答：“对啊！你人见人爱，花见花开，车见车爆胎。”

她龇着牙，乐开了花似的，说：“肤浅！”

2

我的抑郁症才好不久，偶尔会突然发作，情绪低落时，不敢站阳台上，怕控制不住自己一跃而下。半夜又做了一个重复的梦，我血肉模糊地躺在地上，她跪在我的尸体旁边嚎啕大哭。哭像真的很丑，和平时判若两人，我喜欢她开心微笑的样子。工作中的她，强势且高冷，受委屈了也只是撇撇嘴，并不容易被人察觉。梦里的情景太真实，她声嘶力竭的惨叫着，像环绕立体声，大概死人都会被吓活，哭得太悲惨、太伤心。梦里的我没有眼泪，我的角色是死尸。

原来人死了是这么奇妙的感受，没有悲，没有喜。看着众生相，我才明白，活着的时候是为了别人，为了爱我的人和我爱的人；死了才是自己，难道“一死了之”是这意思？

躺在冰冷的地上，感受着整个世界，听着她的哭声，死去的我心里在说：“宝贝，哭吧，哭完就好了，下辈子别这么辛苦地喜欢我。来吧，再抱最后一次。”

她好像知道我在想什么，用衣角仔细擦干我脸上的鲜血，把我搂在怀里，脸贴着脸，停止了哭声，但是眼泪止不住地在我脸颊上流过。我也流泪了？也许是她的眼泪流进了我的眼眶，再从我的眼角溢出。

我走得太匆忙，好想再抱抱我的宝贝，最后抱抱。我这么激动，居然睁开了眼，不是梦里睁眼，是现实中，半夜里。心里纳闷：“卧槽！虚惊一场，好真实的梦，吓死宝宝我了。”

现实中的她真地在哭泣，我脸上全是她的眼泪。我轻轻地拍着她的胳膊，小声地喊她："宝！宝！醒醒！醒醒！做什么梦了？"

她一边哽咽着，一边擦着脸上的泪水，说："什么？你做梦口水流到我脸上了？恶心！"

"我哪有？是你自己的！做什么梦了？"

"不太好，不说了，我去尿尿。"她清了清嗓子，起床去卫生间，洗了一把脸。然后坐在床边借着昏暗的床头灯盯着我看，看得我都起鸡皮疙瘩了。她的披肩长发盖住半边脸，我刚刚又做了噩梦，这种情景有点瘆人。

我逗她说："看什么看？没见过帅哥吗？赶紧睡觉！"她没接我的话，伸出手摸着我的脸，在想着什么，欲言又止。我猜她做的不是什么好梦，也就没追问下去。

两人安静了一会儿，谁也没有说话，就这么对视着。她坐累了，回到床上，趴在我怀里说："答应我一件事情，好吗？"

"什么事？"

"你先答应我！"

"好吧，答应。"

她哽咽着，说：“答应我，别死在我前面，好吗？太吓人了，受不了，我能哭死。”

“你梦到我死了？怎么死的？”

她没有回答，只是静静地趴在我怀里，听着我的心跳，“噗通”“噗通”……

安静了很久，她问我：“你睡着了吗？”

我其实是假装睡着的，哄着她入睡，“宝没睡着，我哪敢睡啊，您先睡，我垫后，预备！睡！”我轻轻地抱着她，抚摸着她的胳膊。

“什么时候能正经一点？我问你啊，如果有下辈子，你还找我吗？”

“如果有，我下辈子不想做人了，好累！做一只种猪，吃香的喝辣的，还不用负责，哇哈哈，好美啊。”

“不要！敢变成种猪，我就变成兽医，阉了你。”她拍了一下我的胸口，正准备把手放进被子里，被我抓住了，按在我的胸前。

“施主，切莫冲动，我是一头有信仰的猪，平时吃斋念佛，偶尔出门工作，造福人类‘菜篮子’工程。”

我猜她刚刚梦里一定是梦见我死了，才哭得那么伤心。我便吻着她的额头，安慰她：“说吧，下辈子要怎么相认？你不答应，我肯定不乱跑啊。”

“我哪知道，这都是你们文人的事，我要浪漫一点的，别像这辈子，看把我辛苦的！为了你，我都几乎要和家里断绝关系了，我容易吗？你不知道那段日子我是怎么扛过来的！不要抛下我，好吗？”

“这样吧，老规矩，眉心有颗福痣的，就是我。”我很正经地回答她。

“万一很多人有呢？会不会搞错了？”

我再次很认真地对她说：“这个有可能，那就这样，发现胸膛有颗痣的，就是我，两胸肌中间。”

“馊主意！都脱了衣服，睡在一起，错了就完了。”她在我胸前用手指弹着钢琴，那首我熟悉的“一闪一闪亮晶晶，满天都是小星星”。她说我就是那星星，我每次都故意破坏浪漫的氛围，回答她：“不是狒狒就行！”

“不会的，他自己脱的，不算！一定是你脱的才是我，因为你足够喜欢他，才不会错。”

3

我们很久没有去商场逛逛了，我和她约了下班后在老地方集合。我先到，把车停好后，就站在马路边观察来来往往的行人，这大概是我的职业病，喜欢观察不同人的状态，积累写作素材。

“你好，这附近是不是有个星巴克？”一个姑娘走过来向我询问。

有段时间没在周围逛了，我并不清楚新开的那些店，很不好意思地回答：“有吗？不知道啊。抱歉，问问其他人看看。”

这姑娘倒是不客气：“谢谢啊，能不能借手机我打个电话？”

“你不会是骗子吧？”我迟疑了一下，这种套路经常在新闻里看到。

“你见过这么漂亮的骗子吗？”姑娘撩了撩长发，看着我。我作为一个非常正常的男人，很自然地扫了一眼她的低胸装扮，然后很尴尬地迅速把目光移往远方。脑海里留存着她的形象，特别是胸前有一个小红痣，虽然被文身修饰过，但还是很明显能看出来是天生自带的。

我把手机借给这姑娘，她拨通电话，一边说话，一边走动，我提防着，心里在嘀咕：“小样！哥可不是随便能被骗的，随时准备追上你，别想卷着手机跑了。”

姑娘挂断电话后，顺手把手机还给了我，说：“谢谢，我没拿你的手机跑了吧？大叔。谢谢，走了。”她转身背对着我，挥挥手示意再见。

看着这姑娘慢慢走远，看着手机上留下的通话记录，显示通话一秒钟，奇怪！她明明说了很多话，绝对不止一秒。

“看什么呢？没见过美女？天天看不够？”我家“磨人精”终于到了，她也朝着刚刚那个借电话的姑娘的背影看去。

“没，我可能遇到鬼了。那姑娘明明借我手机打了十几秒，手机上却只显示通话一秒钟。”

“你不会遇到女鬼了吧？傻样，拨过去，不就知道了。”

“算了，懒得理。宝想吃点什么？走起！”我拉着她走向餐厅。

我们挽着手走进餐厅，选了一个靠窗的位置。她喜欢窗前那一堆闪烁的小星星，我喜欢看广场上的行人。广场上经常有小情侣因为等太久而吵起来，画面感很强，有些还大打出手。偶尔还有痴情的小伙子在那摆蜡烛，准备求婚。

我在点菜，她看着我指了指外面，说：“你如果敢在广场上求婚，那真是能被我嫌弃死。”

我合上菜单，握着她的手，深情地看着她的眼睛，假装要求婚的样子，说：“亲爱的，这些年受尽了委屈，你和家里底抗争到底，为了表示感谢……”

她很淡定地看着我，一点都没有激动的样子，给我翻着白眼说：“去！是不是为了感谢我，让我今天多吃点？”

“又被你拆穿了，好没意思。”我挠了挠头发。

“我还不知道你？怎么可能在餐桌上求婚！你肯定憋着大招呢，你知道我不满意就会拒绝，咱要的是完美。”

作为一个完美主义者，我还真没想好怎么求婚，不能太俗，不能太惊悚，不能太浮夸，尺度很难拿捏。其实我心里非常清楚，只要我“求”，她就一定会“应”，只是既然要走形式，那就弄得完美一点，最少能在回忆时，一辈子都能有满满的幸福感。

手机通知有新好友请求，我点开看，头像是刚刚借手机打电话的姑娘。我故作尴尬地看着手机说：“领导，组织上允许我被女生调戏吗？刚刚那个女鬼。”我给她看了微信头像。

她笑着说：“你觉得呢？”

“我觉得还是算了，来路不明，不搭理。”

“你错了吗？”

“我错了！”

“哪错了？”她保持着微笑，酝酿着大招，如果我答不好，可能就没“好果子”吃了。

“我不该长这么老帅老帅的，哇哈哈。”

她拿了一张餐巾纸拍我脸上，小声说：“还要脸吗？”然后指着手机说：“加吧，多大点事，看看女鬼弄什么幺蛾子。”

“你就不怕我被女鬼抢走了？”

“不怕！加吧，写进你的破书里，和女鬼偶遇的桥段就有了。”她很清楚我在好奇这个姑娘想干什么，所以也就没阻止，写作灵感都来源于生活中的各种奇遇。“理解”总是可以高呼“万岁”，她很懂我，也很自信，所以生活中的许多可以闹别扭的事件都得以化解。

吃完晚餐回到家，我们各自洗漱完，她在看我给她买的书，我在写自己的新书。她看累了，端了一杯橙汁放在我的写字台上，然后走到我的椅子后，双手搭着我的肩膀，脸贴着我的头顶，说：“你这些年，遇到过多少个女鬼？”

我哪能回答这样的必死问题，只能用开玩笑的方式化解，一本正经地回答：“数不过来，反正不少，有点‘马里奥踩蘑菇’的意思，一路杀过来，才能遇见你这只小怪兽。”

“累吗？”她按着我的肩膀。

“累啊！可累了，一大波女鬼，都是年轻漂亮、前凸后撅腿又长的。”

“知道了！都过去了，告诉她们了吗？你是我的！”

4

不管工作有多忙碌、多辛苦，有她陪伴的日子，心中总会有满满的踏实感。一天当中并没有和她说一句话，但是总能被照顾得好好的，什么时候该叫我起身活动，什么时候该吃饭，什么时候该喝水，什么时候该出现在我面前自言自语，什么时候该让我一个人安静，什么时候该给我一个灿烂的微笑，她都做到完美。

我合上笔记本电脑，喝着她端过来的果汁，对她说：“宝，我马上要出差。”

“哪？几天？干什么？”

“大理，不知道几天，去‘调戏’一个小姑娘。”我做了个鬼脸。

“那好呀，我也去，一起调戏小姑娘。急吗？我还有电视剧没看完。”

“不急，到那边也能继续。我去采访，你在酒店继续看就好。”我的书里出现的人物，很多出自现实中的真实人物，我都是通过走访、聊天的形式收集所需要的素材，偶尔跑到各地去，顺便采风，也算是借机散散心。平时出差的次数比较多，因为受访者的时间不好确定，他们有空了就告诉我，我就赶过去完成采访。

她帮我专门整理了一个“救火箱”，就是随时拎着可以出差的行李箱。这次事发突然，她需要整理好自己的东西和我一起出差。作为一个强迫症的重度患者，我看见翻箱倒柜就压抑不住要抓头皮的心情，于是走到阳台透透气。她收拾完了，问：“订票了吗？”

“你猜？”

“不猜了，这是个圈套吧！”她若有所思后，走出卧室。

前些天她一直在加班，节假日都攒齐了，准备给自己放一个长假。平时我借着出差的机会游山玩水，也没怎么和她一起去旅行，这次偷偷订好了机票，想制造一个惊喜，才找个理由引蛇出洞，想必她大概会上钩。她不黏人，但是之前我独自去旅行的时候，她还是会小抱怨一下，没有时间一起去。

她收拾完东西，双手叉着腰，转动着脑洞，思考着还忘了什么，然后走到我身旁摸摸我的头说：“谢谢你！”

“大家都这么熟了，不客气。”

她很开心，笑着说：“还是客气客气比较好！”端起茶几上的猕猴桃给我。

我看了看没剥皮的猕猴桃，眯着眼睛对她说：“服务员，这长绿毛的怎么吃？”

“拿嘴吃！我喂你，张嘴！”说完就要把连皮带毛的猕猴桃塞到我嘴里。

我推搡着她的手，说：“别这么客气啊，您先吃，我随意。”

她一只手勾着我的脖子，另一只手要往我嘴里塞带毛的猕猴桃，我抵住她的手，挣扎着喊：“你忍心谋害亲夫吗？”

她装着很无情的样子，恶狠狠地说：“忍心！哇哈哈。”

“施主，为何这般待我？行了，行了，你电话响了。”

她松开我，拿起手机，立刻切换到“高冷傲骄工作狂”模式，压低嗓音说：“你好。对。这事具体找财务部王经理。不可以。对。如果不退，让法务部去沟通。对。辛苦了，再见。”

我学着她那一本正经的样子说：“对。对。对。”

“学我是吧？带毛猕猴桃伺候！”

“有人知道你在家和傻子一样吗？对。对。对。辛苦了。哇哈哈，怎么做到人格分裂的？”

她走进卫生间大声说：“你是不是傻？近猪者痴！猪！”

“你到底喜欢我哪儿？我改还不成吗？”

她把头探出卫生间的门，说：“我喜欢你喜欢我的那股傻劲，改了可能我就真的不喜欢你了，傻瓜。”

我伸着懒腰，说：“那还是算了，您继续，我随意。要不要再叫些人一起去？”

“不要吧？我想安静一点。不过没关系，你也好久没跟他们聚聚了，叫上吧。”

“你说怎么会有这么贤良淑德、大方得体、美丽动人魅力四射的宝贝砸我身上了？”我一边剥着水果，一边感叹。

“因为……是你，书呆子。”

5

我的鼻炎每天早晨都复发，还很严重，最近总是下雨，潮湿更诱发了病情。我正拿着纸巾擦鼻涕，忍不住喷嚏一响，“啊——嚏——”像我这种惊天地、泣鬼神的喷嚏打法，我给自己一百分。

她在厨房喊：“安星！你再这么打喷嚏，小心打断了中枢神经，新闻里说，有人因为这样瘫痪了！真不是吓你。”

喷嚏结束，她话音未落，我就意识到出情况了，因为身体摆动的幅度太大，闪着腰了，扶着卧室门一动不动，喊着：“宝贝，救命啊，完蛋了，要瘫痪！快来！”

她听到我在喊，放下手中的活，飞快地跑到卧室来看看我怎么了。她抱着我说：“别动！小心错位，你自己感觉一下哪出了问题。”

“不行，太疼了，刚刚打喷嚏把腰闪了，我要躺下。”

她小心地搀扶着我，一小步一小步地往床边挪动。我强忍着疼痛，冷汗都出来了。

我怕她担心，逗着她说：“这是提前要进入轮椅生活吗？”

“呸！呸！呸！臭嘴！我跟你说，安星！你如果瘫了，我就去找个身强力壮的小鲜肉。”她很着急地呵斥我别乱说话。

“哈哈，小鲜肉的腰力肯定好。”

她吃力地托着我，让我缓缓地躺下，总算不那么钻心地痛了。

她从卫生间端了一盆热水，搓了一把滚烫的毛巾，直接盖在我脸上，说：“别撑了，出那么多汗，肯定很疼，擦擦！翻身，我给你拿药按按。”

确实太糟糕了，等她去拿药到床边的一阵工夫，我才只翻了半个身子。终于趴平整了，她又重新揉搓了一块烫死人的毛巾拍到我腰上。

“喂！要烫死人了。”

“烫死拉倒，一了百了。”

“爱妃，寡人平日待你不薄……”我话说一半，被她的手一按，整个小区都听到了“啊”一声，痛得实在忍不住。

她一边帮我按着腰，一边说着：“还啰嗦，我给你按成两截！”

“说个正经的事情，如果哪天我真的瘫了，一辈子要在床上躺着，那就别救我了，好吗？答应我。”

“不要。”

“你忍心看着糟糕的我？”

“忍心！”虽然趴着背对她，但已经感觉到她冒着泪花，嗓音都变了。

“别啊，我是说如果，我会好好的，今天是个意外。”

停顿了一会，她继续拿药酒帮我按着腰，说：“安星，我没要你升官发财，也没要你大富大贵，我只是要你平平安安、健健康康地陪我到老，折腾这么多年才能在一起，你替我想想，我容易吗？”

“错了，我错了，别哭啊！”

“能不哭吗？为了你，我跟整个世界都绝交了！家里拿断绝关系威胁我不能和你在一起，我一个人坚持这么多年，你知道经历了什么？”她哭得更凶了。

我背对着她，不知道怎么安慰，女人的泪点和男人的不太一样，我直接“懵圈”了，赶紧解释道：“我也没说什么呀，反应这么大。错了还不行吗？宝宝我错了！”

“安星，答应我，要好好的。好日子没过几天，你又总出差。打个喷嚏还能把腰闪了，我真怀疑你妈制造了你这个豆腐渣工程。”

“好的，下不为例！请多多关照。”

6

她拉长着脸对我说："我爸躺病床上看了你的书。"

我很惊讶，她爸爸反对我们在一起，死活不同意，却开始看我的书，便问："怎么样？"

"非常不怎么样，都写的什么鬼？全是跟各种女人的感情戏，暧昧。"

我哭笑不得地回答她："你爸是不是入戏太深？我写的东西又不是自传，主人公不是我。"我在写字台前写文章，已经半天了，起身活动着，看着窗外深深的叹了一口气。

她听到我叹气的声音，走到我旁边，揪着我的耳朵追问我："说！那些是不是真的？"

看样子又要给我闹一场，我双手合十，闭目养神，淡然地问她："施主！我如果写鬼故事，是不是天天要遇见女鬼才行？"她从不看我的书和我写的东西，所以当朋友抱怨自己家女人如何干涉工作时，我总能很傲骄地说："看我们家的！从不过问，从不干涉，放羊！"她被我问住了，没说话，我又接着问了一个一直没有问的问题"你为什么从来不看我的书？"

她松开手，回答道："我怕看到不该看的，如果你是演员，你演的，我也不看。万一出现床戏、吻戏怎么办？"她反问我："你为什么写那些乱七八糟的情感故事？"

“平常很多朋友找我聊天，男的除了聊钱，就是聊女人。女的除了聊她们的家长里短，就是挖我的隐私。你也知道我不爱八卦，但不代表他们不找我八卦。我是一个非常好的倾听者，话少，嘴紧，能保守住秘密。所以积攒了很多故事。”

她用好奇的目光看着我，说：“都有什么秘密？你把他们的故事都写进书里了！不都公开了吗？”

“是不是傻？现实远比故事更精彩，我把人物、时间、地点都改动了，谁也不知道是谁的故事。写出来是因为很多人的过去、现在和将来会遇到相同的事。也算是给大家总结总结狗血一样的青春。”

“你会坚持一直写下去吗，还是玩票？写几本书就算了？我爸问你能换个工作吗？”她好像有很多话憋着没说。

我很失落地问她：“可以不吗？”

“大概不能，在他们眼里这不是正经事，这大概是他们的条件。”很少看见她沮丧的样子，多数是因为不想和我争执、又似乎无力解决问题。

“回头告诉他们，我没有资格干涉他们的女婿是谁。假如女婿是当官的，无法预测他是否未来会贪污受贿，锒铛入狱；假如女婿是有钱的，也无法保证未来不会倾家荡产，身无分文。人一辈子图什么？不就是平安健康吗？”我显得有点激动，平复了心情继续说：“你知道李白是谁吗？苏轼呢？王安石呢？赵佶呢？”

她很不屑地回答我：“不就是文人吗？你还真能给自己脸上贴金，要不要脸？”

“错了！李白算是一个放荡不羁的纯文人。苏轼让人记住的不是他当官，而是文人。王安石是位高权重的宰相，让人们流传的依然是文人的印迹。赵佶，没几个人知道，他是宋徽宗，但是被人记住也因为他的文人事迹。”

“你要说什么？”她有点不耐烦了，小脸拉得又臭又长。

“清朝首富有哪些？明朝首富呢？宋朝呢？兜一圈就会发现，文化这个东西是相对更有意义的，升官发财的事情，也只是混世度日的一种手段。如果可以，我会坚持写到老，活着做点有意义的事。不求功成名就，但求心安理得、快快乐乐。”

“讲不过你，行了吧？有本事拿下我家啊？我好说歹说才让他们不再盯着你的健康问题。你知道那几年躺着是多么招他们嫌弃吗？还算给我争气，康复了。”她又戳中了我的要害，感情是两个人的事情，我可以解决。婚姻是两大家子的事情，还真不是很容易解决的。

“他们不选我，是他们的损失，爱谁谁了！我做好自己，好好待你，就足够了，剩下的只能用时间解决。”

她安慰我说：“傻不傻？现在都这样了，还不是默许？”

7

平时我也没时间看影视剧，一般是收集一堆经典的剧目集中火力看，我抽空看了看《少帅》，里面讲的是张学良的一生。我很惊讶，少帅的灵魂只活了 36 岁，而肉体却到一百多岁后才下葬。

我躺在沙发上已经好几天了，一直不分白天黑夜地看电视剧，她坐旁边吃着水果玩着手机游戏。我问她：“你知道张学良活了多少年吗？”

“36 年！问这个干什么？”

“厉害啊，果真是才女。我今天才知道张学良 36 岁到 101 岁都在被软禁着，活着和死了没区别。”

她把手机放下，貌似要给我上课了，摇着头说：“你知道张学良和林徽因什么关系吗？”

“你们女人都爱扯这些八卦？我管他们什么关系。”

“这你就不懂了吧？历史是由人组成的，正史永远忽略人的因素，所以很多人说野史才是口耳相传的真史。林徽因是赵四小姐的老师，赵四是张学良的第二任妻子。对了，赵四小姐的故事很精彩，你看的电视剧里有讲吗？”

我还在感叹张学良在西安事变后的困局，她却扯上了艳史，我问：“你们真的能为一个男人牺牲自己？都怎么想的？”

她沉思了一会儿说："知道为什么在传说里有一种说法，说女人是男人的一根肋骨。你看看张学良父亲经常挂嘴边的话，'只要打仗赢了，除了老婆不能给，什么都可以给你们'，可见肋骨对一个男人的重要性！张学良与赵一荻的故事传为佳话，有一个典故，说的是张学良继位后无法控制局面，心乱如麻，让他站起来的是赵小姐，赵小姐从天津赶到他身边，对他的精神起到了绝对支撑的作用。张学良的夫人于凤至，更是一个了不起的女人，张作霖时代和张学良时代，是她撑起了东北财政。"

"我问的不是这个。"

她笑笑，示意我闭嘴，继续说："不是所有男人都值得他的女人为之付出一切。'女为悦己者容'有两个意思：一个是，女人愿意为自己喜欢的人打扮自己；另一个意思，女人能为自己喜欢的男人，付出一切。比如我那前夫，人不错，家里也喜欢，搭伙过日子，挺好的……"

"不说这事了，都过去了。"我和她很少说之前的事情，一块禁区，谁都怕踩到雷。我意识到聊天聊得沉重了，坐起来握着她的手说："这不都好好的了吗？哪有轻易得来的幸福，老天给你关上这扇门，也会给你把窗关上，哇哈哈，睡觉！"

她紧紧地搂着我的胳膊，头靠在我的肩上，说："都说到这了，咱们还要回避？终究要面对，只是早聊还是晚聊的事。"

我看这情况也制止不了，就继续说："说好不能哭起来啊，只当讲故事了。"

“嗯！其实我后悔了，不该为了父母的期许而嫁给一个并不深爱的男人，虽然他很好。这些年太煎熬，虽然貌似父母安心了，其实他们逢年过节看见我的表情也不是那么一回事。如果能够回到过去就好了，唉！”

她深深地叹完气，我感到揪心的疼，半天挤出一句：“这也许是命运自有安排，不经历那些，也许我们的感情也不会这么深。不那样，我们现在能在一起吗？如果回到过去，别那么傻了，什么事情都能沟通，你以为的并非是看见的。”

“我不知道！但如果可以后悔，我那时会继续坚持，勇敢一点，不委屈自己。一生真的很短暂，估计有不少有情人为了盲目孝顺而断送了自己的幸福。你看现在离婚率有多高，唉！我还是支持你多写情感类的书，很多事情一旦经历了，就没有后悔的了。书的好处在于，不经历风雨，却能阅尽世间沧桑。”

8

我和她从公园散步回家的路上，她的手机响了，她看看，却没接通电话。我的余光瞥见是她前夫的来电，心里感觉怪怪的，又不好发作，强作淡定地说：“接吧，没什么事肯定不会打电话，我没事的。”

她重新拨通电话：“喂，找我什么事？”她在通话中，我走快了几步，给她一点空间，也给自己一点清静，万一听到不该听的，我都不知道怎么办才好。

过了十分钟，她的电话结束了，我们前后脚进家门。我到厨房打开冰箱，倒了两杯葡萄汁放餐桌上。她端起杯子要喝，又放下了，低着头说：

“他生病了，需要人照顾，他父母年龄大了。”

“哦！”我不知道该做何反应，她能这么说，一定是想自己去照顾。但毕竟是前夫，谁能受得了这样的牵扯不清？

她表情很尴尬地对我说：“等他病情稳定，就好了，我先去照顾几天。”

我忍住心中的怒火问她：“你考虑清楚了吗？他可是你前夫，这样做对我公平吗？不可以找护工吗？不差那些钱。”

气氛瞬间凝固，我们都沉默着。她似乎已经没有理由说服自己，更说服不了我。我不说话，只等她给我一个合适的解释。

还好我们有过约定，不生闷气，就事论事，用沟通解决一切。我去洗澡，她去做早餐。我洗完澡坐在餐桌前处理工作邮件，她也去洗澡了。谁都没有再开口说话。

等她洗完澡，我们一起吃早餐，和昨天、前天、以往的每一天都一样，只是气氛有点尴尬。吃完后，她才开口说话：“我没想到合理的理由，但我确实需要去照顾他，以后你会明白为什么，希望你能理解。”

她回房间收拾行李，我回书房写文章。她的性格我太了解了，不管什么事情，她都会思考得很清楚，既然不便说，自有她的道理。事情结束后，她一定会给我个答案，我只要等待着就可以。

“你送我去医院吧，顺便看看他。”她站在书房门口对我说，手里拎着行李。

“哦，我马上就好，等三分钟。”一篇文章还有一小段没写完，我回答她后，继续打字。

她在餐厅用即时贴写着各种注意事项，在冰箱上贴满了。其实我的自理能力很强，在她眼里，不知道为什么总觉得我像生活不能自理的男人，她每次出远门都要这样做。

几分钟后，我走出书房，到卧室换好衣服，朝餐厅喊：“好了，别写了，你是准备几年不回家，还是怎么着？走啦！我自己会管好自己。”

驱车去往医院的路上，我们谁都没说话，我把音乐声调得很大，避免尴尬的气氛。虽然是她有错在先，但我不想跟她吵架。之前我们也有约定，吵架不出门，出门不吵架。

到了病房，这是我第一眼看见她的前夫，盖着被子，只露出消瘦的脸，我的心情很复杂，也不知道用什么表情打招呼。她倒是转换频道很快，面带微笑地对他说：“安星，来看看你。还吃醋了呢！”

我很尴尬地朝他点头微笑，寒暄道：“你好。”

他试图坐起来，护士示意别动，他抬起手说：“你好，麻烦你们了，其实没什么的。”

我看他像要握手的样子，向前走了两步，握着他那冰冷的手，真的尴尬到了极点，为了快点结束这种气氛，我借机去上卫生间。蹲在马桶上的几分钟，脑子里思考着这种局面怎么处理，我不想他们再有来往，却又不能直接让她不管重病的前夫。

几分钟后，等我从卫生间出来，看见他们俩说说笑笑，哎！这叫什么事？她看见我的脸色绝对是绿的，朝我挤了一个眼神，然后起身要带我走出病房。我顺势对她前夫说："那什么，我还有事，走了啊，好好休养。"

他点头示意："安星，谢谢你能来看我。"然后对她说："你就如实说吧。没事的！都这样了，别有什么误会，那我的罪过就大了。"

她挽着我走出医院，在我的车前停下脚步说："刚刚他让我把事情解释清楚，你可能忘了我以前说过的。其实我和他是形婚，他一直喜欢男人，我和他约定互相保守秘密。他为了应付家里，我也为了应付，当年一拍即合，把婚结了，在别人看来是门当户对。我和他有夫妻之名，却从未有过夫妻之实，你懂的。傻瓜！"

我被这突如其来的事实给说懵了，只说了句："啊？我不记得你说过。"

她揪着我的耳朵说："听不明白吗？我和他没事！之前说过的，你忘了而已，我和他是好朋友，闺蜜！再说一次。"

"我管你有没有事，反正失去我，是你的损失，忙去吧！"我依然故作淡定地回答她，心里却是如释重负。要不我总觉得心里不舒服，关系不清不楚的前夫，我想换谁都会介意。

她嘟着嘴，说：“亲一下！”

我板着脸回应：“亲个屁！我还没消气！走啦！”

9

她闺蜜来家里做客，她们一起在厨房做着菜，聊着天，我在阳台看着书。她闺蜜是一个身材火辣、脾气暴躁的美女，偶尔心情不好时来串门，姐妹俩有说不完的话。两个性格迥异的女人，怎么会成为多年挚友？我观察了很久，也没个答案。

她闺蜜端了一杯水从厨房出来，说：“喂，猩猩！看书呢？”

我放下书，对她笑笑，说：“你胆子真肥，我是你姐夫，你是我小姨子，你姐都很少喊星星，不怕她把你判刑？防火防盗防闺蜜啊。”

“我喊的是猩猩、狒狒、金刚！又不是我姐的那个‘一闪一闪亮晶晶’！”小姨子顺势坐在我旁边的躺椅上，看着我说：“刚刚我们聊到一个问题，姐说问问你。”

我很不耐烦地问：“你又和你们家那位闹别扭了？虽然我是写情感小说的，但也搞不定你们总不听劝，老毛病又犯了？”

小姨子不好意思的样子，问我：“挺烦的，这么总吵架，实在是累透了。你们俩为什么从来不吵？”

“把每天当作是两个人在一起的最后一天，你看看还有必要吵吗？只有珍惜。”

小姨子很不耐烦地说：“你们文人说话总这样子吗？一套一套的。”

三天两头地和男人吵架，几乎都是同样的几个原因，每次来我们家聊的也都是差不多的故事。她虽然没有直接和我聊过，但从旁边听多了，也就那么回事。我猜这次危机很大，就问：“是不是闹离婚了？否则你不可能来问我。”我起身示意小姨子一起去厨房。

我径直走到厨房，挽起袖子准备帮着做菜，被她制止了，我对小姨子说：“看见没有？我不知道你在家发生什么，按照你平常的性格，看见不一样的地方吗？你姐刚刚用胳膊肘抵着我出厨房，不让我在厨房。”

小姨子很疑惑地问：“姐，你平常不让这只猩猩做家务吗？”

“可以不做，但不能不懂怎么做。他该做的都会做。家里是我的主场，就算他在家游手好闲，我还是尽量不让他做，男人嘛。再说了，你在场，更不能让他做家务。不管关系多好，男人还是要给足面子，他的气场才不会漏，里里外外才不会泄气，才像个男人。”

“我才不管呢，凭什么家务就我一个人做？凭什么他让我不痛快，而我还要让他舒舒服服地过日子？”

看见她闺蜜是这种思路，我和她相视而笑，我笑的意思是“讲了白讲”，她笑的意思是“看吧，我多贤良淑德！”。她靠在橱柜上继续说：“如果女人做不好女人，男人大概也做不好男人，节奏错了，女人就变得彪悍，男人变得唯唯诺诺，在家元神乱窜，出门自然鬼迷心窍，做什么都不对，说什么都会错。搞不好就在外面给你整出幺蛾子来。”

“姐，真的这样吗？让男人做个家务就这么多事？”她闺蜜半信半疑地一直站在厨房门口。

“如果是在你的能力范围，是在你的精力范围，干嘛要去折腾他？你就把他当成一只猪养着。”

“要男人不就是一起过日子，一起干家务吗？”

她把做好的菜端到餐桌，回头冲着她闺蜜说：“其实做家务是小事，心态才是大事。我经常在打扫卫生的时候，安星会挑一首我没听过的、却很喜欢的音乐播放，单曲循环，然后继续去忙他自己的。偶尔他站旁边看着我，就傻子一样看着，什么都没干。这就我想要的生活，简单快乐，自由自在。你让他干，又干不好，大家都来气，何苦折腾。再说了家务还能把你累死啊？不行就叫钟点工。”

我低头吃着菜，辩解了一句话：“其实我有做家务啊，都是趁你不在的时候偷偷做了。”然后我对小姨子说：“还是那句，珍惜！幸福不是得到的多，而是计较的少。回去给你们家那口子讲一个故事，话说彪悍无比的拿破仑，横扫欧洲的人物，在卧室把茶杯弄翻在地上，他妻子劈头盖脸一顿骂：‘猪啊！茶杯都端不住，抬脚，我收拾’。拿破仑乖乖地把脖子一缩，双手高举投降，两只腿抬起来给妻子收拾地上的残局。等他穿好战袍出门，面对敌人，血雨腥风从不畏惧。这个故事告诉男人，在家要像一只赖皮狗，出门要像一头雄狮。别在家跟个娘们斗，出门像个窝囊废，元神乱了。”

“对啊，他就是这样，窝囊废！”小姨子高兴地附和着，却又忘了自己的问题。

她瞪着我说：“吃饭时少说话，赶紧吃，闭嘴。”又对她闺蜜说：“你和你家男人是欢喜冤家，打打闹闹不都过来了吗？没多大点事。各有各的活法，我家这位不比你家的强。”

“最少姐夫不顶嘴啊，骂骂解气啊，我家那个天天搞得像国际大专院校辩论赛的最佳辩手。”

“把安星换过去，你也一样。”

“能换吗？我还真想看看这秀才的日子是怎么过的。天天窝家里有什么乐趣？”

我赶紧接着话茬，说：“千万不能换！从一个‘窝’字就知道必然天天吵架。我的工作只是挪到家里，在办公室也能写文章，没必要在意工作地点而已。你还是适合你们家这种满世界有工作、天天有应酬的男人。”

10

她一进家门就耷拉着脑袋，我猜想是工作不太顺利。我从沙发上站起来，远远地就张开双臂，走上前去给她一个大大的拥抱，脸贴着她的脸说：

“宝，累了吧？谁惹你了？我把他写死，哇哈哈。”

“嗯，你还能有点用吗？”她情绪很低落地呢喃。

我纳闷了，怎么就转向攻击我了？继续拍拍她的背，说：“怎么了？遇到什么事情了？我们一起想办法解决。”

“我们公司有一批货被卡在海关，不知道怎么办了，都跑了很长时间。”

“我去试试？”

她不削地说：“你哪行？除了写文章，你还能干什么？”

我苦笑道：“哈哈，也是！你要实在搞不定，再让我试试。”

她很疲倦地走进卧室，我跟着进去坐在电视柜上，看着她换衣服，说：“你干什么？要出门？”

“约了他们领导吃饭，今天把这事情结了，再拖就真要崩溃了，亏死。”

“要不？带我去见见世面？好久没吃大餐了，就这么定了，我也换衣服。”我起身准备换衣服出门。

她一边化妆一边说：“随便了，你要闲着就去吧，多你一个也不多。听说杜局也爱舞文弄墨。”

我们换好衣服一起下楼，驱车前往定好的餐厅，提前半小时到了，她的同事也到了，但是杜局直到约定时间后的半个小时才到达。一桌六个人，都到齐了，互相介绍了一圈，恭维的话说到起鸡皮疙瘩。我最不喜欢这种应酬，为了她的工作，才来看看能不能帮上一点。

这个饭局的中间人是她朋友的先生，商检的王处长，一个憨厚的小胖子。大家先海阔天空地聊着有的没的，一直没有聊正题，似乎杜局也避重就轻地“套路”着，对这个饭局的正题只字未提。

大家一轮恭维加敬酒后，轮到我给杜局敬酒，我起身端起酒杯对他说：“杜局，我以茶代酒敬您一杯，我干了，您随意。真不好意思，身体不太好，没法喝酒。”

杜局没起身，端着酒杯抿了一口，让我坐下，阴阳怪气地说：“那谁，我看你话很少，不像搞文化的，你们圈子的人都很能聊啊。”

我接着他的话茬说：“我其实也挺能说，只是怕耽误我家那位的工作，说错话得罪了您就不好了，回家她还不灭了我？呵呵，今天主要是来蹭吃。”

“哈哈，没什么大事情，你们那批货还是要走程序，最近上头文件一个接一个，我们当差的也不好办，出了情况，谁都扛不住。”他说完，转了转餐盘，让大家继续吃菜。

我放下筷子说：“杜局，我其实挺好奇你们单位的工作，最近也在筹划新书的选题，海关算是国门第一线吧？肯定有很多故事可以写，能不能去你们单位体验体验生活？也让老百姓理解理解你们的辛苦。”

他停顿了一下，觉得我话里有话，哈哈大笑后，说：“好啊，我偶尔也写点东西，一直愁着怎么串联起来，都是散文和论文，有空咱们研究研究。”

“那，改天我去您那拜访一下，聊聊具体怎么弄，最好能让我体验体验各工种和岗位。”

饭局中依然没有明确那批货的事情，大家有说有笑，气氛还算融洽，结束后，各回各家。送杜局上车时，他握着我的手，拍了拍我的肩，想说话，又咽了回去，客气地微笑着离开了。

回到家已经很晚了，关上家门后，她抱着我说：“谢谢！”

我无所谓的样子，双手托着她的脸说：“谢什么，我什么都没干，也没帮到你。来，亲一下就好了。”

她也双手挤着我的脸，说：“你没发现当王处介绍你是位作家时，杜局态度转变了不少？特别是你要去海关体验生活，这是要‘将军’嘛。”

我的嘴已经被她挤成了愤怒的小鸟状，中间挤出一句变了调的话：“不知道啊，我只是去蹭一顿饭而已。”

她亲了亲我，贴着身体推着我往沙发上挪去，说：“是啊，你什么都没干，静静地坐那，就是对我的支持和帮助。”

我故意疑惑地问：“还有事吗？别耽误我‘调戏’小姑娘，刚刚手机一直没电，我去充电，一会还有事出门。”

她嘟着嘴说：“都几点了？干什么去？”

“不是说了吗？出门调戏小姑娘！”说完，我就进书房，打印刚完成的剧本，然后出门去和导演碰头，商量剧本修改的细节。她冲我喊着：“去吧，早点回来，我先睡了，头晕。”

11

她闺蜜的战争还在继续，这次又大包小包地直接开车到了家门口，才打电话给我，让我到楼下帮忙搬东西。

她把客房收拾了一下，把她闺蜜安顿好，两人在客厅一边看着电视，一边聊着天。在这种情况下，我每次都会无辜受到牵连，因为她们每次都会对男人进行批斗。

她闺蜜擤着鼻涕对我说：“姐夫，你说吧，世界上还有好男人吗？”

“没有，绝对没有！男人没一个好东西！”我附和着，想想还是别在她们眼前晃悠，准备溜出门散步去。

“你别走，我问你几个问题。”

“别啊，问我没用，最好是问你们家那位，这场戏他是男一号，人死哪去了？我去找他来。”

我被拦住，她闺蜜拦住了我，非把我按在地上问问题，她示意我还是顺着这个莫名其妙的小姨子，说：“还是别喊他来了，过几天都冷静了再说。”

“我不想见到他，我问你几个问题，你如实回答。你的手机会给我姐看吗？”

“我的手机指纹锁有她的指纹录入，随时可以看。”我拿着手机晃了晃。

“姐，你是不是经常看猩猩的手机？”

她摇摇头说：“从来不看，我一般都是在他没空出手拿手机时，才帮他打开手机。”

“你不好奇？你不担心？”

她闺蜜一脸惊讶的表情，她苦笑着说：“男人出轨都是早晚的事，那些看似很乖的男人，只是时机不够成熟，还没有具备出轨的条件而已。我反正没管你姐夫会不会出情况，我只是觉得不该去捆住对方。男人出轨就那么两个原因，他想出轨和你逼着他出轨。”

她闺蜜赶忙解释：“我可没逼他，肯定是他自己的问题。”

“你天天去查他，无时不刻地盯着他，拽紧他，他不挣脱？他不逃离？被你逼得透不过气，本来没事，一旦他遇到一个轻松自在的女人，还不出轨？”她说完就去卫生间了。

小姨子问我：“你有没有想过出轨？”

我挠挠头说：“是个男人就会在某些时候有这个念头，说没有的男人都很虚伪，只是他还没有合适的出轨对象而已，有些男人一辈子没遇到，所以就变成模范丈夫了。”

“看样子，你小子也不是什么好鸟！”

“我又没！最少我很难遇到比你姐还好的女人，所以没必要出轨，得不偿失啊，不能犯那么愚蠢的错误。”

她坐回到沙发后，被她闺蜜追问：“你就一点不担心他精神或者肉体出轨？”

“真不担心，我把自己做到足够好，别的女人没我好，让他在有一丁点小心思的时候，都感觉到失去我会是这辈子的痛。呵呵，出轨是要付出惨痛的代价。”

“什么代价？”

“失去我啊，代价还不够大？让他天天哭去。”她洋洋得意地看着我，我很无辜地看着她。

小姨子委屈地说：“这次就是因为我偷偷看他手机，被他发现就抢回去了，肯定外面有人！你说我该怎么办？”

我听着有点烦，这问题已经发生过很多次了，就生气地说：“那就离啊，还能怎么办？你想好了就把婚离了算了！”

“我不想。”

我想替男人辩解一下，说：“也许根本就没事，只是他很烦你看他的手机，杠上了。我跟你姐其实是有约定的，我说过，我的手机她随时可以看，但必须当着我的面翻看，大家做事光明磊落，都别偷偷摸摸地猜疑，还是互相要坦诚一点。”

她拉着她闺蜜的手，补了一句：“其实我真不太关心男人手机里有什么秘密，我始终觉得两个人需要一点点空间，一点点缓冲带。信任就是最好的缓冲带。他如果真有情况，他知道我的好，也会回心转意。如果他没情况，我又何苦破坏他的安全感？两个人彼此信任，比两个人互相提防，要幸福得多。”

小姨子很不可思地问我：“你也不看她手机？”

“当然不看，到现在你姐还有很多人在追，我是怕看见不该看的，我又舍不得分开，这不是给自己找不痛快？像吃了苍蝇一样的感觉。如果她本来就没事，我偷看她手机，一定会破坏彼此的信任，以后还能好吗？信任感和安全感一旦被破坏，特别难恢复。”

12

每天早晨醒来，我都会喝一杯水，然后坐在床头用手机写写文章，记录着一些日常的灵感。今天这个日子对于母亲来说，意味着生，或者死，而对于我，是新生。

我不爱过生日，是因为内心世界里从未觉得生日是值得开心的日子。每到这一天，我心里都是满满的愧疚和歉意。从哇哇落地开始，我就没让母亲省心，她一直牵挂着我。我的生日是母亲受难之日，所以如果大家不记得，我也就干脆不过生日了。

她一如往常，早晨醒来，和我腻一会儿，去卫生间洗漱，到厨房做早餐，这样的生活对于别人来说，可能有点单调，但对我而言却来之不易，我也从未感觉到需要改变。由于工作原因，我见识了太多悲欢离合，选择平淡也可能是最好的结果，最长情的守护。

我坐在餐桌前，摆弄着手机，她走过来说："怎么开始玩手游了？"

我一边玩着游戏，一边说："小的时候我可是游戏高手，骨灰级玩家，中学时被妈妈抓住过。逃学玩电游，被爸爸痛打了一顿，打通了任督二脉，自此再也不玩了。那时突然知道要好好学习，别浪费青春。多亏了那顿挨打，才没有把路走歪了。"

"那你现在为什么又开始玩？"

我放下手机，到冰箱拿了一瓶果汁，给她倒了一杯，说："短暂的青春像是一根烟，不知道何时不小心被点燃了。"

"哈哈，哪个把你烧着了？这么大的感慨！"说完，她亲了我一口，继续去忙她自己的事情。

吃过早餐，我还在低头玩着游戏，她开始收拾家。其实她天天都收拾，我也习惯了每次在她收拾的时候，躺在阳台上晒太阳。防止走来走去留下脚印，不然我会被她念叨死。

我对她说："今天去看看妈妈吧？"

"看你妈还是我妈？"

"当然是你的，我妈隔着半个地球，想看也不容易。"

"我昨天才看过，今天又看？"她说完话看看我，想了想，又说，"好吧，去看看。"这种心有灵犀的感觉，每天都在发生，她不会刻意提醒我生日，但会悄悄地让我开心，顺着我的意思就是其中的一种方式。

整理完家里，我们换好衣服，先去了花市，买了一些新鲜的花材，再去她妈妈家。她捧着花说："我妈昨天还说呢，我们总抱着花去她家，邻居还以为怎么着了呢！"

我开着车，转过脸皱着眉头问："怎么了？不喜欢，还是不妥？"

"邻居问我妈身体可好啊？别人家的女婿哪会这么夸张。只有看病人才每次送花，夸张了。"

我笑着说："这是个误会，我是觉得她把最美的花送给了我，我送花给她也算是回礼，都不客气。”

到了她妈妈家的门口，我看见她妈妈要出门，喊了一声：“阿姨！”

“呃，来了，正好，别进门，先陪我去超市。”她妈妈说完话，把她推进家门，说，“你别去了，帮我看着厨房，在煲汤。”然后拽着我去车库开车。

她摆着苦瓜脸，撒娇说：“有没有搞错，到底谁是亲生的？”

“别废话，你是捡来的。帮我把花插上，再见。”她妈妈是一个闲不住的人，一辈子忙忙碌碌，退休了也没闲着，各种学习班和各种老年活动都参加。

我开着车，她妈妈在副驾座上翻看手机上的菜谱说：“我研究了几道新菜，今天你们试试我的手艺。”

“哦，阿姨，上次那个菜就挺好，咱们今天吃素？”

“吃素？回你们家慢慢吃，到我这儿必须吃荤的，看你们俩瘦的！对了，我们邻居生了个龙凤胎！”她妈妈说着，就好像那对龙凤胎是自己的外孙一样，表情透露着发自内心的幸福。

每当她妈妈提哪个姐妹、哪个邻居抱孙子了，我们就一脸尴尬，不好接话茬，只能回答“哦”，才能躲过催生的一劫，千万不能接话，接住了就是各种唠叨。

“你别‘哦’‘啊’，每次都支支吾吾，你们俩是不是要去检查一下身体？我像她这么大的时候，早有她了！真是不能急了。趁着我还年轻，能帮你们带小孩，你们抓紧。”

“这个不是我说了算啊，还没结婚呢，总不能和叔叔作对吧？他没点头，我们不能硬来，没有长辈的祝福，怎么行？”

她妈妈很诧异地看着我，说：“怎么没点头，能让你们进门，就已经算点头了，只是他一直下不来台阶，你想想办法啊。”

去完超市回到家，看见她在和保姆聊天，我把东西都拎到厨房，看见她爸爸在后院敲敲打打，就问保姆：“吴姐，老爷子在院子里干什么？”

“不知道，已经好几天了，像是在做家具。”吴姐回答完就走出了厨房。

我自言自语道：“不会吧？什么时候改行当起木工来了？”她拿着东西从我眼前经过，我拽住问她“你不管管你爸吗？闪到腰扭到腿怎么弄？”

“我哪管得了，看那架势是心痒痒了！想催我们，又拉不下面子。看见没？都是小家具的零件，懒得管。”他爸爸把儿时的爱好都搬出来了，努力在做一整套的儿童家具，给未来的外孙玩。

她妈妈走进厨房说：“老头子前几天看新闻说有小孩因为家具有毒，得了癌症。他自己闲着没事干，非得自己动手做无污染、无安全隐患的纯实木家具，还说什么不用胶水和钉子。”

“榫卯家具。”我补充着说。

“对！你们得抓紧。”

13

她和姐妹约好了一起旅行，正巧在我出差回来的时候去。我们匆匆在机场见了一面，目送她进入安检通道，我再转身离开，独自回到家，坐在沙发上发呆。

她打来电话说：“有没想我？”

“才半小时过去，不至于吧。是你开始想我了吧？”

“屁，我才不想你。不行咱们就试试半个月别联系，看谁先投降！”

“好啊！就这么定了。”说完，我就把电话挂了，等着她投降。

没过三秒，她又播通电话说“喂！谁让你挂我电话的？话都没说完！”

“你不是说不联系吗？磨人精，说干就干。开始！”我话音刚落，她已经挂断电话了。放下手机后，我突然感觉饿了，然后走进厨房煮面吃。

每天能看见她在朋友圈发着各种动态，其实和没有离开一样，有没有联系都一样，她开开心心就够了。

第一天，她没有打电话给我，也没有发布朋友圈动态。

第二天，没有她的信息。

第三天，我每隔半小时翻看一次朋友圈，从早到晚看，没有她的信息。我不爱和她的圈子混一起，各自保持了适度的私人空间，所以没有加她那群姐妹为好友，她们什么情况，完全不在我的掌握当中。

第四天，她一大早发了一条朋友圈，她跟一帮朋友在海滩的酒吧合影。总算看见她没事，我也就心安了，原准备打电话问问情况，还是忍了，没事就好。

第五天，又没有音讯。

第六天，接着渺无音信。

第七天，依然是没有刷新的朋友圈。

第八天的晚上，我已经无法忍受这种完全不知去向的感觉，拨通了她的电话，电话那头一直“嘟嘟”响，她没有接电话。我拨了一晚，足有三十次。

第九天的中午，她还是没回复我的电话，但朋友圈新发布了一条动态，一张海边的自拍照，看样子是一切正常，我就放心了。

后面一个星期，她又是音信全无。经过前面几天的心理素质锻炼，我也算习惯了这种忽闪忽闪的思念。约定的半个月过去了，第十五天晚上，我再次拨通了她的电话，只“嘟”了一声，她就接了，把我吓一跳，电话里的她在喊：“哈哈，亲爱的，想我了没？”

我假装淡定地回答：“还行！”

“什么叫还行？不想就拉倒，挂了。”说完，她就真挂了电话。

假期结束，她回到家睡了一天一夜，才消除了旅途的疲惫。我在写文章，她端着一杯水坐在写字台旁边，说：“你就不担心我在外面出事？”

“能有什么事？真出事情会有人联系我，你姐妹、当地政府、使馆，总会有人的，所以我不担心。没人联系我，证明没事。”

她又习惯性地嘟着嘴，问：“你就一点不想我？”

“想啊，能不想吗？你好不容易自由自在，寡人就放你几天假。你想我了，自然会联系我。”

“傻不傻？我本来是想完全消失半个月，但隔几天就忍不住透露给你，我想你了，看不出来？”

“当然看出来了，你说我们是不是有毛病，自己找虐！”

14

新一季的各城市巡讲开始，虽然有工作人员安排，两天一座城市的旅途，也着实让人疲惫不堪。我不喜欢应酬，又因为时间紧任务重，所以谢绝了当地朋友的饭局，改到下次私人时间来的时候再聚。

我的文章习惯使用第一人称，优点是非常具有“代入感”，读者看着看着就沉浸到故事当中。缺点也很明显，读者们都以为故事的主人公就是我，怎么解释都枉然，产生了很多不必要的误会。

坐在酒店房间的写字台前，看着落地窗外的高楼大厦，夜景很美。突然有人敲房间的门，我起身去开门，透过猫眼看见一个不认识的女生站在过道上，我问：“谁啊？”

门外安静了几秒才回答：“我。”

“你是谁？”

“你不认识我，但我认识你，我是你的一个铁杆读者。”

她站在门口没有要离开的意思，我说：“不好意思，有什么事情明天活动上见吧，不单独聊了，还要休息。”

她上前一步，贴着门说：“抱歉打扰了，我没别的意思，就是想单独见见你，一会就走。好吗？”

读者我见过不少，都是在活动当中，绝大部分是集体见面。偶尔也有活动之外见面的，但从来没有人直接敲酒店房间的门。读者们都还算温和，毕竟都是文艺青年，很少有攻击性和危险性，所以我开门了。

她长发及腰，身穿香槟色连衣裙，站在门口，拿着我的新书。一看她就是来自南方的女孩子，北方这个时节的晚上，已经有点凉意了，这样的打扮并不多见。一个瘦弱的小女生，不至于要把我怎样，所以我打开房门，侧身让她进房间，顺便把房门敞开着，防止说不清楚关系。

“请坐吧，就两分钟好吗？”我指着落地窗前的椅子说，从水吧上拿了一瓶水给她。

她坐在沙发上看着我，并没有说话，用手拨了一下脸颊上的头发，然后把书和笔递给我，示意给她签名。签完后，我问：“没什么要说的吗？”

“没有！可能你不知道我是谁，但我知道你的一切，太熟悉了。”

我很尴尬地说：“你大概也是以为书里写的是我自己吧？其实是大家的错觉。”

“不，我知道你写的不是自己，我是了解真实的你，要不我怎么知道你住这？”

我不想接她的话茬，忙碌了一天，很累了。两分钟的时间很快就过去了，我示意时间到了。她起身说：“那就不打扰了，借卫生间用一下，可以吗？”

“没关系，用吧。”

她走进卫生间，我的手机响了，接通后说：“宝，怎么想到打电话了？这么晚。”

“你在忙吗？”

“嗯！怎么了？刚吃完晚饭，在酒店房间。”我说完，卫生间的女生出来，拉门的时候，指甲被门把手刮断，发出“啊”的一声。我示意她不要出声音。

电话那头听见了，问我：“谁在房间？”

“没谁，送东西的服务员。”我怕解释不清楚，只能编一个善意的谎言。

“哦，早点休息吧，我没什么事情。晚安！”

挂断电话，看了看女生只是指甲断裂，没什么大碍。她走出房间，站在刚刚过道的位置，说：“谢谢，打扰了。”

她转身离开，又站住了，回头说：“你真的对我一点印象都没有？”

“抱歉，没印象，早点回去吧。”

关上房门，我回到写字台前继续工作。手机收到一条信息：“你好，我是刚刚见面的那个人。我喜欢你，你喜欢我吗？”

遇到过很多表白的女生，所有的拒绝都有套路，我回复：“不好意思，如果了解我，应该知道我的原则，不可能和读者好上。”

“所有的事情都没有绝对啊，我和别人不一样，至少你亲眼看见过我。”她发来信息，我没有回复，过了半小时又一条新信息：“我能感觉到你是喜欢我的，别骗自己了。”

女生发来一条一条的信息，等我把工作处理完，已经积压了很多未读信息，我阅读完才回了一条长信息：“能进入有门禁系统的酒店，能知道我住哪，说明酒店房间的房门拦不住你，开门并不代表我对你有任何倾向的意思，可能是误会了。你的喜欢，是对我写的人物的喜欢，还有对我团队对外宣传推广的形象有错觉，那些并不是真实的我。谢谢你的喜爱，希望你在现实世界里找到适合自己的人。”

15

每当写作没有灵感的时候，我就会一个人出门散步，不管深夜几点，都会出门，在别人看来这种行为有点奇怪，我只是觉得整个世界都安静了，散步没人干扰而已。

坐在路边的长椅上，一个人看着星空，久违的星星点点，大部分时间很难看见。城市里的光污染太严重，如果在乡下，也许会很漂亮。

“你去哪了？还不回家睡觉？”她打来电话，我一看时间，都凌晨 2 点钟了。起身拍拍屁股，腿迈不开步子，才发现脚麻了。

“睡吧，这就回。”

回到家，我还是没有一丁点睡意，脱了衣服躺在她旁边，她转身抱着我，说：“怎么了？又复发了？如果老这么头疼，就不写了啊，等完全好了再写。”她抬起手扒拉着我的头发，抚摸着我的脸，安抚着我入睡。

“没啊，只是睡不着，没事的。刚刚在路上看见几个流浪汉，我在想，他们的身世会怎么样，会不会很有故事，哈哈。”

“谁还没个故事啊？这些人多数是精神不太正常，如果正常，都有手有脚，养活自己应该不是难事。”她闭着眼睛在说话，每次我睡不着都会这样，她抚摸着我的脸，慢慢就把我催眠了，特别神奇，小时候我妈妈也这样哄我睡觉。

睡得迷迷糊糊，被她叫醒：“喝点热水，快！”她端着水杯，把我扶起来，靠在床头。

“不想喝，困死了，想睡觉。”我困得睁不开眼睛，迷迷糊糊地回答着。

“你高烧了，可能是刚刚在外面着凉了。”她拿酒精帮我擦拭后背脊椎，说，“给你降降温，趴好！”

“我好冷，不擦了。”

“不行，你体温太高了，不行就要去医院。”她在吓唬我，知道我特别不愿意去医院，闻到医院里的消毒水味道就恶心。

“那还是算了！能不能轻点，好痛啊。”不知道她从哪学来的，没过多久，体温是降下去了，但感觉很冷，全身在颤抖，我都听见了自己牙齿发颤的声音。

迷迷糊糊地，我又睡着了，醒来的时候又被她强迫着喝热水。一晚上就是在喝水与上厕所的循环中过去了。

早晨醒来的时候，她抱着我，睡得很死，可能是一晚上照顾我，累坏了。我居然听见了她的鼾声，然后悄悄用手机录了下来。无聊地盯着她看，不忍心叫醒她，看她睡着的样子，慢慢地我自己又睡了个回笼觉。

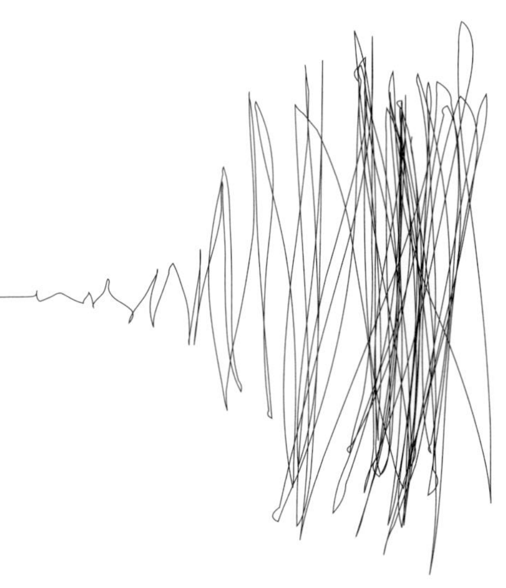

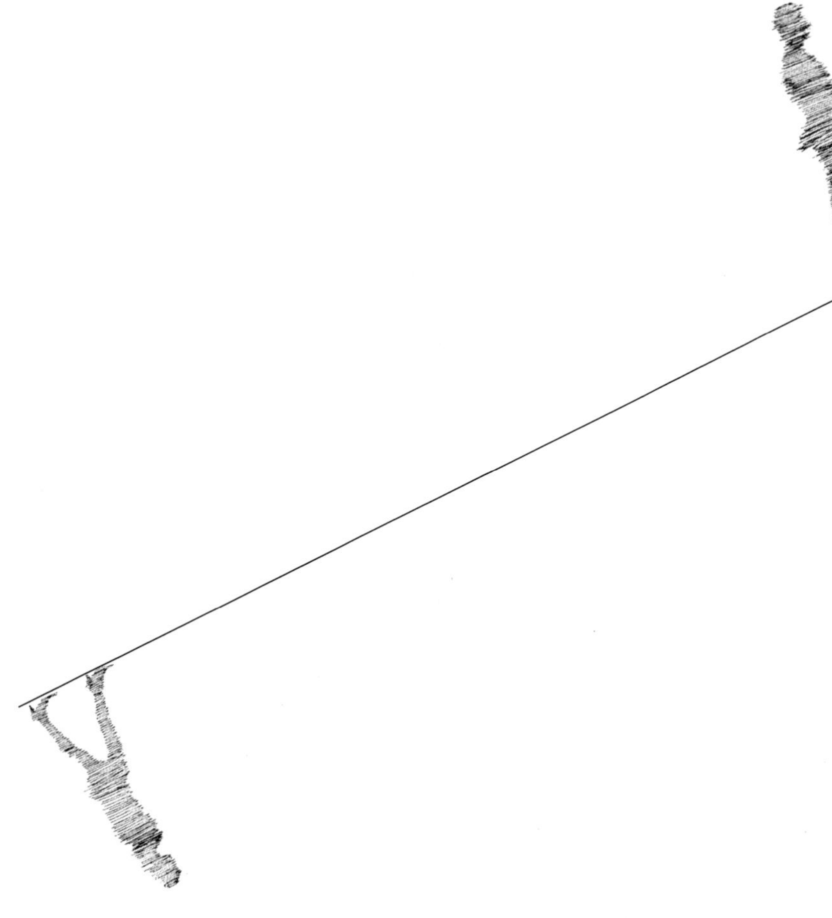

16

我依稀睁开眼，只看见头顶上的天花板和输液支架。想动一动身子，却怎么也使不上力气，除了眼皮能动，感觉自己只剩下呼吸了。

“醒了？”不知道谁在说话。

几个戴口罩的医生围在病床前，气氛紧张且压抑。看着他们叽叽喳喳地说着话，我很困，闭上眼睛睡觉了。不知道睡了多久，再次睁开眼时已经半夜，病房里空无一人，安静得可以听见医疗设备工作的声音。

隔了很久很久，护士进来，看见我睁着眼睛，说：“醒了？能说话吗？看看能动动身子吗？”

我用力挣扎着起身，身体开始颤抖，护士喊来了一群人，大家一阵混乱，抢救了很久，我的身体恢复了平静。不知道是不是梦境，我好好的为什么会躺在医院的病床上。

每天睁眼，闭眼……无限循环着，没有喜怒哀乐，没有任何感觉，麻木地看着天花板。护士永远单调地重复着：“醒了？能说话吗？动动身子？”

随着情况好转，病情似乎稳定了，两个警察进入病房，走到床边，一个做着笔记，一个对我说：“醒了？怎么样了？能说话吗？知道自己是谁吗？”

我心里回答：“我是安星啊，怎么了？出什么事情了？”他们却听不见，拿出一沓照片给我看，让我回忆过去。

警察继续说着："你被人袭击，一颗子弹擦过颅骨，一颗子弹击穿肺部，贴着心脏穿过，留在脊椎上。造成失血过多，重度昏迷很多天。犯罪嫌疑人正在追捕中。"

我回想起受伤前正在晨跑，在公园跑了不到两百米，听到两声清脆的巨响，然后就不知道发生什么了。躺在病床上，再往前回忆，头疼得厉害。

"如果你能听得见我们说话，请眨两下眼睛。"警察居然用这么幼稚的方式沟通，我眨了两下眼睛后，他继续说，"你牵涉到一宗工程项目的案件，好好回忆之前发生了什么。外面有我们的警察保护，安全是可以保障的，等你能够说话了，希望配合我们调查。"他们说完就离开了病房。

我记得自己是个写作的，不记得还做工程，也不认识做工程的人。她怎么不来看我？我尝试着发声，一吐气就感觉肺要炸开了。手指已经能动了，但没有力气，也许是躺的时间有点久，造成肌无力。

等我能够举起手来，已经又过了很多天，护士拿来平板电脑跟我用文字沟通。因为案件需要，我暂时不能见任何人，包括我的她。让他们把家人近照给我看看，找遍了也没有她的影子。警察说我是独居，并没有她这个人。难道之前的一切都是做梦？太真实了，像电视剧一样。

因为脑部和脊椎受损，身体基本接近植物人，还好有专业的护士帮助我康复，伤情一天天好转，四肢逐渐恢复功能。

护士们一直带着口罩，从来也分不清谁是谁，印象比较深的是一个叫

“艾妮”的护士，因为每一次她离开病房前，都会帮我把床头柜上的东西码得整整齐齐，是个有强迫症的人。

警察隔三差五有人来，询问着各种事项，大概情况我已经心中有数了，我公司参与的工程项目牵涉到一个重大的腐败案件，还出了人命，我所掌握的证据牵涉到了一个重要领导的违法违纪问题。遗憾的是我自己都忘了证据放哪了。

“护士小姐！”

“喊护士就行，别喊小姐，怎么了？”

“我问问你，怎么样才能分辨出梦境还是现实？”

“简单啊，憋尿，憋到忍无可忍，正常就醒了！”

我按照护士的办法，憋了半天，终于有感觉要憋炸了膀胱，但却没醒，差点尿床上了，还好艾妮来得及时，帮我拿了尿壶。看样子不是在做梦，但是之前发生的太真实了，不像是梦境。

“艾妮，你是不是从我进医院就在这看护我？”

艾妮一边给我倒药，一边说：“对啊，你刚进来的时候挺吓人的，头皮都开了，惨不忍睹，现在好了，头也没像之前肿得和猪头一样。”

“你是不是夸我帅啊？真含蓄。”我故意逗她，她没回应，白了我一眼就离开了。

警察随后进来，我对他们说：“能不能帮我查一个人，我有印象又没有印象，记忆是凌乱的。”警察点头答应，以为和他们的案件有关，其实只是我想知道她是梦境还是现实，因为想起她就心疼得厉害，我不想醒过来。

17

警察根据我的描述，做了人像拼图，也没有帮我查到她的情况，警察说她爸妈家的地址属实，但住的是一对英国夫妇。我没有她其他朋友的联系方式，也就无从查找。一个大活人就这么消失在了我的世界里。我让艾妮帮忙查看手机的记录，没有任何痕迹证明她存在过。

每天坐吃等死的日子，真的很难熬，想不起更多的事，也忘不了之前发生的事情。由于案件进展的需要，我被转移到一个疗养院，身边没有一个认识的人，都是冷漠阴森的病人，所以我特意要求还算熟悉的艾妮跟着照顾我。她推着我在花园散步，身后跟着两个便衣，和电影里一样的情景，居然发生在我的身上。

“你为什么从来不摘下口罩？”

艾妮回答：“这是规定，你免疫力低下，容易传染病毒，万一感染，罪过就大了。”

我很好奇地接着问：“如果有杀手装扮成你，把我杀了都不知道，反正都带着口罩。”

“哈哈，你是看电影看多了吧？不会的，只是我在你身边的时候才戴口罩，进出门都拿掉了。”

“我总感觉你的声音很熟悉，很好听，像个人，但音色不同，说话的调调一样一样的。”

“你是不是总这么勾搭女生？”她笑得眼睛都眯着了。

我辩解道：“我说的是实话！”

艾妮二十四小时和我形影不离，但从不谈论自己，倒是问了很多我的事情。我几乎把自己从出生那天开始的所有事情都聊了，回忆里面也有那个“她”，却无论如何都回忆不起来她叫什么名字。

艾妮对我说：“你总把现实和梦境混在一起，容易精神分裂，可能是受伤后遗症，自己要克服。”

“我真的不相信是梦，我记得真真的。”我情绪有点激动。

“不是都查过了吗？你们连一张合影都没有。”她有点生气地说，叉着腰看着我。

“不会呀！明明有合影。”

我隔着她的口罩都能看见她在笑着说：“明明是谁？”

“你别跟我打哈哈，我说真的！我想回家看看，我家总是现实中的吧？”

“这事我决定不了，你还是养好身体再回家吧，外面危险。”

很长一段时间，因为我的失忆，案件陷入停滞，等待着我所掌握的证据出现，我却无论如何也回忆不起来。

有一天，艾妮高兴地对我说：“领导研究决定，让你回家找记忆，收拾收拾回家吧。”

“你干什么去？”

“我当然是和你说拜拜咯。”

朝夕相处这么久，听到这消息，心里还有点失落，回答了一个“哦”字，我就开始整理东西了。

回到小区大门口，记忆在眼前快速回放，全是她的影子。我本能地走到楼梯间的快递收发柜子前，查看着有没有什么东西要拿回家，一个一年前的快递包裹映入眼帘，我才想起来，谜底揭晓了，让陪同回家的警察拿着证据回局里交差。

回到家，和记忆里的家一样，除了上了一层浮尘，没有什么大的变化，只是少了和她有关的一切。打扫完，我独自坐在阳台上发呆，想睡觉，心里空落落的，回卧室躺着就睡着了。

不知道怎么了，醒来的时候看见她坐在床边看着我，她的微笑很温暖，每次不管发生什么，她的微笑都能化解一切心中的苦闷和不开心，特别踏实的感觉。

她问我："是不是做梦了？"

"嗯，做了一个很长很长的梦，死里逃生，生不如死，累死个人了，还好你还在。"

她额头贴着我的额头，说："已经退烧了。饿了吧？我给你去做好吃的。"她起身去了厨房。

我起身看了看家里，没什么异常，门口的拖鞋还是整整齐齐的鞋头朝内，鞋子也码得好好的，鞋头朝外。茶几上的满天星依然绽放。打开冰箱，还是熟悉的那些吃的。

她看我有点奇怪地转悠着，说："你干嘛呢？还没醒？洗把脸吧，准备吃东西。"

"我做梦，梦到你没了，那种感受只有真没了才知道是什么滋味，痛苦死了。梦里像真的一样，一个梦连续做了一年多，每天都很清晰。"

"你连做梦都想让我消失？这是有多讨厌我了？"她逗着我说着话。

我急忙解释：“不！是特别害怕失去你。”

吃了一碗热腾腾的爱心面条，我又犯困了，走到阳台上吹着风，感受着现实的美好。睡意来了，便躺在躺椅上歇着，慢慢睡着。

18

睡梦中，被一阵急促的敲门声吵醒，我从阳台的躺椅上起身去开门，一个陌生女人站在眼前，牛仔裤，小白鞋，紧身T恤，马尾辫，很阳光的样子，地上放着一个行李包。这个女人掏出一只手机给我，说：“这是你的手机，一直被监管着，现在已经不需要了，我给你充好了电。”

声音特别熟悉，脑子不知道为什么卡住了，怎么都想不起来在哪听过，我很疑惑地拿过手机说了声“谢谢”，准备关门，这个女人说：“忘了我是谁了？才半天功夫。”

我长叹一口气，说：“哦！原来是你，艾妮，刚睡醒，我一下子没反应过来。这算是第一次看见你，之前都是白大褂戴口罩，捂得严严实实。对不起，脑子坏了，没反应过来。快进去！”

艾妮拎着包走进家里，我下意识地喊了一声：“宝，来客人了！”

“哪有宝？什么宝？你是不是还做梦呢？”艾妮把包放沙发上，环视了一圈，把每个房间门都打开看了看。

艾妮本职工作是特勤，为了贴身保护我，才装扮成护士。医院的任务结束，但案件并没有结案，受指派继续在我家执行保护任务，直到结案。她把这一切原原本本地告诉了我。

“你们领导是不是缺根筋？怎么会派个女人来？”

“派男人？两个男人住一起？你口味会不会有点重？”

“随便吧，那有两个空着的房间，你挑一个。别拘束，就当自己家一样。对了，你这任务到什么时候才能结束？”

“等通知吧。”说完，她就去整理房间。而我走进书房，准备写文章。

打开电脑，突然忘了自己要干什么，电脑里除了施工图，也没找到之前的文稿和文档。坐在写字台前发呆，顺手点了一根烟。看着燃烧着的烟卷，心中疑点重重，我怎么会抽烟？家里怎么会有烟？

翻看手机通讯录，找到我最好的兄弟高远，播通了电话，那头传来嘈杂的麻将声，高远吊着嗓门喊：“喂！安星啊！出来了？你把我想死了。”

“我出来个鬼啊，我回家了！现在，立刻，马上，来我家。”

过了十五分钟，高远带着其他几个老弟兄一起到我家，进了门开始七嘴八舌地把没我的日子里发生了的故事都讲了一遍。

艾妮帮我端茶送水，大家聊得热火朝天，都没人注意到她的存在。高远大吼一声：“等等！先停一下，这美女是谁？”大家的目光齐刷刷地盯着艾妮。

“什么时候有新女朋友的？”高远顺势站了起来。

我心里在说：“新的？那旧的是谁？”这时艾妮很大方地说：“大家好，我是他女朋友，你们聊，我去给你们叫点外卖，家里没东西吃。聊吧，就别出门了。”

我拽着高远问：“旧女朋友是谁？”

高远沉默了几秒，拍着脑袋说：“口误，口误，旧的我也不知道是谁，你是根老光棍，这大家都清楚啊，失忆了？”

“真的？”

“当然啊，你再不找女朋友，都以为我和你搞基呢！好险，还好我有老婆了。”

高远话音未落，另一个哥们贱兮兮地说：“老高你那是掩护！谁还不知道你那点事儿，别解释了，哈哈。”

一群人吃吃喝喝，家里搞得乌烟瘴气，总算结束了，把哥几个送出门后，我长叹了一口气，我怎么是这样的人？艾妮看着我有心事，就说：“你可能是因为受伤导致性情大变，要知道你是什么样的人，看看你这群朋友就知道了。”

“我难道之前和他们一样吃喝嫖赌？”

“不排除这种可能性啊，事实不是摆在面前吗？你们做工程的，不都是这个尿性吗？”

打扫完他们留下的战场，艾妮累得够呛，我很不好意思地对她说：“真不好意思，让你受累了，今天来得突然，下不为例。”

“这些人都是哥们？铁的那种？近期最好不要和太多人来往，安全很重要。”

“当然，都是很多年的兄弟，我也不太喜欢家里乱糟糟的，以前都是在外面。我想起来了很多过去的事情。”

19

吃完早餐，我穿好衣服准备出门，被艾妮拦住了，她很严厉地斥责我，说：“我警告你，你的行程必须提前一天告诉我，我好做准备，在我撤走之前，必须听我的！明白？”

艾妮把我推向客厅的沙发，力量之大，大过了一般的男人，我差点腰又摔折了，躺在沙发上说：“我为什么要听你的？我又不是犯人！我得去公司看看。”

“在定案之前，你是证人，这牵涉到很多人，很多人都希望你出意外死掉。懂吗？”

“我有这么重要？这都过去这么久了，证据也交上去了，该进去的都进去了吧？还有什么危险？”

“以防万一！”

“好吧，你跟着我去公司吧？我总不能闲在家里，得找点事情做，要不，闷死了。”

艾妮想了想，用她自己专用的手机汇报情况，然后回房间准备了一会，跟着我出门了。

我开着车，艾妮坐在副驾驶位上一声不吭，时不时看着后视镜和倒车镜。早晨出门十有八九会堵车，车子一米一米的往前龟速行驶，空气里弥漫着汽油未完全燃烧的焦糊味。

我转过头看着艾妮，她看着右边倒车镜。在医院的时候，她就话很少，唯一的交流仅限“吃药了！”“动一动！”“有事按铃！”。护士医生都是白大褂加口罩，也就没有仔细看过她。坐在旁边的她，一点也不像能保护我的人，电影里的女保镖不都是很彪悍的吗？怎么现实里的是长发？还散落在肩上。我问她：“你们女保安不是黑不拉几的吗？不是寸头短发吗？怎么还这么细皮嫩肉的？”

她朝我看了一眼，又把头转回去，盯着车外说：“你才保安呢！我们工作需要，当然是越像普通女孩越好，这些都有科目训练。”

“人家都穿黑西装或黑套裙，哪有你这样穿的像谁家的大小姐一样，万一出情况，你跑得动吗？还高跟鞋！”

“我为什么要跑？我的任务就是解除靠近你的所有威胁，他们能有我的子弹跑得快？”艾妮的左手一直放在腿上的小包上，似乎随时准备处理突发情况，她接着说：“我现在是假扮你的新女友，你明白吗？”

“新女友？那旧的呢？她？”

“她什么她，不是帮你查过吗？查无此人，根本就是你的幻觉，没有任何证据证明有这个女人存在过。”

每当想起我的那个“她”就让我头疼，钻心地疼。现实中也确实找不到任何证据证明她存在过，连关系最铁的高远也说不知道。

我开着车有点犯困，高架上都是监控，也不能换成艾妮开车，只能一点点地往右变道，从匝道下高架桥，走地面更通畅一点。眼看着绿灯还剩三秒变色，我的车是 4.9 秒的加速度，瞬间心算了油门踩到底就可以压着黄灯过了这个路口。

黄灯最后一秒，我的车顺利冲过斑马线，艾妮紧张地突然抓住了我的手。车子飞驰到路中间，我只听到“咚”的一声巨响，眼前一片白茫茫，方向盘上的气囊，像一根棒球棍一样狠狠的砸在我的脸上，左侧安全气囊重重地将我弹向右边，然后就再也不知道发生了什么。

“安星！醒醒！都掉地上了，还睡！”她把我晃醒。

我捂着自己的脑袋说：“我就是压个黄灯。没必要开坦克撞寡人吧？”睁开眼看到我的她又出现了，惊讶的捏了捏她的脸说：“咦！宝，他们说没你，你不就在眼前吗？”

“做什么美梦呢？没我了你就开心了是吗？”

“哪有！梦都是反的才是，没你了，我怎么活？”

我起身看了看时间，马上六点，准备起床。她像只树袋熊一样抱着我说：“再睡会吧，还早呢。”

“我跟你说，我做了个很奇怪的梦，如果我睡着了，你就会不见了，太吓人了。”

“没事，都是梦而已，醒了就好了。你是不是梦到别的女人了？”

“我哪敢啊！没有！”

“没事，你梦美女，我梦帅哥，扯平就好。”

“太奇怪了，梦里比现实还真实，刚刚发生车祸，我都被撞死了好像。”我拍着脑门在自言自语。

她突然起身靠在床头，用惊恐的眼神看着我，说：“我刚刚也做梦了，我梦到自己撞死一个人！”

“真的假的？”

她面无表情地回答：“假的。”

我很疑惑地再确认一下，问：“假的？”

“真的！”

“宝宝好好讲话，成吗？我做了个很奇怪的梦，很真实，却没什么逻辑，我现在搞不清楚到底怎么了，现在是梦，还是梦是现实。我不会是得了妄想症或者是人格分裂吧？”

她本来还想笑，被我的话堵回去了，很认真地说：“我确实是做梦了，没梦见车祸，梦见你变成一个小和尚，出家了，我伤心得要死，不小心把你踹下台阶。等我下那么多台阶把你抱起来，你已经断气了，吓醒了。”

20

被通知去领一个奖项，我内心还是有点小兴奋，虽然早年就明白自己为什么而写作，得到读者认可的最重要的一种方式就是获奖。以往很少亲自去领，因为没几个是公平公正的，也就懒得去混圈子。这次的奖项不一样，是我比较认同的，当然必须亲自去。

我坐在台下等待着，说不紧张是假的，还是竖起耳朵听着，等着颁奖嘉宾念到“安星”。她似乎不太在意台上在说什么，时不时地看看我，想要说什么，却始终没开口。

“美女，看啥呢？没见过老帅哥吗？”趁她再次盯着我看的时候，我看着台上的司仪，对她说，“夸夸我吧！”

她洋溢着幸福的模样，对我说：“安星，我有了！”

“什么有了？”我没听清楚她在说什么，就重复问了一次。

她贴着我的脸又说：“我有了！”

听完她的话，我全身都起了鸡皮疙瘩，居然激动得说不出话来，没敢转头看她，怕流眼泪。因为家里反对，又因为身体原因，一直拖着没怀上。每当看见别人抱着小孩玩耍，都透着比别人还幸福的眼神，那种羡慕的神态，让我非常地揪心。

她用手捂着我的脸，转向她的方向，帮我擦了眼眶里的泪花说：“傻样，哭什么，双喜临门啊。”她笑得很灿烂，借着会场微弱的金色灯光，我们对视着。

“看够了没有？到你了！”她提醒我上台领奖，伴随着大家雷鸣般的掌声，我一边向台上走去，一边整理着衣服。

站在演讲台上，看着手里的奖牌，我沉默了一会儿，然后抬头找了找她在台下的位置。她向我招手，我才看见一片漆黑里的一道光，她的笑容陪伴着我的成长。每次心中忐忑不安时，有她在我就很安心。

整理了心情，放下已经准备好的演讲稿，我环视台下说：“尊敬的女士们、先生们，晚上好。刚刚在台下获得一个重要的、非常重要的消息，我太太怀孕了。怀孕对一个女人来说是再正常不过的事情，但对我的太太来说却是件特别不容易的事情,就像我拿到这个文学奖,有着幸运的成分。”

台下很安静，大家都在等待我继续说下去，我没有故意停顿，哽咽使我不得不清清嗓子，然后继续说：“我记得早些年，所有人反对，所有人不支持，所有人觉得我在不务正业，写作在这个高速发展的社会里被边缘化，我太太对我说，‘写吧！’”

台下的掌声响了很久，我挥挥手示意等我说完。看着她的方向，我继续说：“写吧！谢谢！”说完，向台下深深地鞠躬后，结束演讲，我回到了座位，和她相拥在一起。

回到酒店房间，瘫倒在床上，虽然喝的是香槟酒，但我已经微醉了，酒劲还未散去，我的内心产生一种从未有过的踏实感，我可以没有钱，也可以没有地位，获不获奖都无所谓，却从未想过没有她。我翻身侧对着卫生间说：“宝贝，过来躺会儿，有几句重要的话对你说。”

“别发酒疯了，你来看看你的脸，喝一点点就成了煮熟的大闸蟹，现在是红得发紫了吧？”

她在卫生间干呕，我起身走到她身边，抱着她说：“刚刚获奖感言，其实留了一半没有说，是要单独对你说的。虽然你懂我，我不说，你也明白我要说什么，就像拿个破文学奖，拿不拿都已经够格了，但是，还是要像模像样地给过去、现在和将来一个交代。”

“知道的，我明白，不用说了。”她转身拥抱着我，紧紧地抱着，能感觉到彼此的心跳。

“谢谢你的坚持，谢谢你不放弃我，谢谢你顶住了家里的压力，谢谢你顶住了一切，谢谢你帮我顶住了天。”

“咱们谁跟谁啊，也算是老熟人了，哈哈，别客气。”每次很正式、很煽情的对话，都会被她打断，把我拉回“逗货”频道。

“好吧，好吧，不说了，早点休息，你肚子里还有块奖牌没颁发呢，睡觉去！”

虽然我是个男人，但却总是让她抱在怀里睡觉，她说是缺乏安全感，只有在她怀里睡着的时候，我才会特别踏实，安静。

“醒醒！安星！”有人在喊我。

我下意识地闭着眼睛说话：“困死了，睡吧！”

“你没事吧，醒醒，伤哪了？”我睁开眼，看着艾妮对我说：“别睡啊，快到医院了。”

我躺在救护车里，除了犯困，身体没感觉疼痛。艾妮没受伤，坐在旁边跟着去医院。到医院做了全身检查，我除了轻微脑震荡，晕厥了一会儿，其他没有异常情况。

“呃，刚刚怎么回事？”

“你闯红灯，碰到一个飙车党，撞了个正着。算你命大！”

我记得艾妮说过很多人想弄死我，心中还是有一丝担忧地问：“这不会是人为造成的意外吧？”

“可能性极少，因为你是突然下高架，突然闯红灯，没有谁能这么精确地计算和安排一场意外，别紧张，就是一个普通的车祸。”

那个飙车党随后到了医院，也无大碍，看见我和艾妮，主动递了名片。马尚，建城集团董事副总，很巧合，他们集团董事长同姓马，大概是父子，或者是亲戚。

21

我作为重要证人，参与了案件的几轮审判，终于有了定案。从法庭出来后，总算是松了一口气，我向艾妮伸出了右手，感谢她长时间的保护。她没有伸手，原地不动地看着我，说：“怎么？那么不想看见我？”

“不！是感谢你。”

她重重地用力握住我的手，说：“我们重新认识一下吧！你好，我是艾妮，请问你有女朋友吗？”

“有！”

“谁？你哪有？不按套路回答。”

我犹豫了，因为我自己也不清楚现在是现实还是梦境，那个“她”在哪？而站在面前的这位，已经在一起相处了很长时间，虽然我们自己知道情侣关系是假的，但是看见的人都以为是真的。艾妮无可挑剔地做到了一个女朋友该做的一切，只差最后一步。

艾妮往前走了半步，我随着后退了半步，对她说：“抱歉，我知道你接着要说什么，我真的觉得她是真实存在的。你可能不了解我，不管她是好是坏，也不管她是否存在，必须是她放弃了我，我才会转身。如果不，也只能下辈子，我绝不退后半步。懂我在说什么吗？”

艾妮仰着头，看着天空，有意控制情绪，停顿了几秒，才正视我，说：“哦，没事，谁还没个梦中情人，我不介意。”

随着案件的结束，艾妮的工作任务也结束了，上级给她放了一个长假，等待下一个任务的通知。她没有选择出去度假，也没有选择回自己家，她待在我家里休息，一点要离开的意思都没有。

吃过晚餐，我们各自回到房间，她发了一条信息给我：“我跟我妈说了，她同意了。我还以为会很反对。她问什么时候见家长。”

从第一次见到艾妮，已经过去一年多的时间，中间只是因为案件，才让两人在同一个屋檐下，我对她完全不了解，从未过问她的私人情况。事情突然，我竟不知道如何回答，敷衍地说：“这哪跟哪？你对我了解吗？”

“我对你可不是一般的了解，你知道我是干什么的。你从小到大的档案，你家的情况，甚至你的毕业论文，我都仔细看过，有据可查的一切，我都了解过。这个世界上再也没有人比我更了解你。”

我心揪着，很愤怒地说：“你查我！”

她走进我的卧室，赶忙解释道：“不！查你是在喜欢你之前，工作需要而已。我喜欢你，不是因为那些，我喜欢你安静的样子，喜欢你开车的样子，喜欢你跟别人谈事情的样子，喜欢你在马路上让我走在你右侧的样子。虽然是我在保护你，你却在很多细节上保护着我，不管你是否刻意，但我觉得很温暖。”

“你不仅长得丑，你还想得美！你就没发现我对所有女人都那样暧昧？”

艾妮被我的话逗笑了，指着我的鼻子说：“你以为假装不正经就能掩饰你自己？我好歹也是一个要哪有哪的美女，除非你不正常！”她显然没有半点后退的意思。

马尚打来电话，说约了朋友一起去酒吧。自从上次车祸后，我们联系了几次，发现彼此脾性投缘，慢慢成为了死党。

艾妮看我没有搭理她，跟着我从卧室走出来，看见我在穿鞋子，问：“干什么去？”

“马大少爷有约！你先睡吧，我晚点回家。”

“你等等，我也出门。”

“不好吧，我们一帮男人去泡妞，带着你一个女人，算什么？”

“别臭美了，我有闺蜜约。各玩各的，互不打搅。你等一下，我换衣服，化个妆。”

我把手上的鞋子放下，脱了那只已经穿好的鞋，在客厅等着她。我非常讨厌迟到，看了看表，即便是立刻出发，也该晚了二十分钟。起身走向艾妮的房间，她居然没关门，我从门缝中正好看见她在穿衣服，催着说：“好没好啊？怎么穿件衣服花半小时？快点！”

“哪有！我总要试试看哪件更漂亮，闺蜜说晚上有个重要的惊喜，大概是见证她们谁被求婚吧。”

“别人求婚，又不是你，这不喧宾夺主了吗？”

“你进来，帮我拉一下后面的拉链，门没锁。”

我一边拉着拉链，一边不耐烦地问：“以前这件裙子是怎么穿上去的？”

“自己穿得稍微费劲一点而已，你都在旁边，不用你，那不是浪费劳动力吗？你应该感觉到荣幸才是，除了我爸，你是唯一一个帮我穿衣服的男人。”

我们一起出门，很巧合去的是同一个地方，我去酒吧，她去酒吧对面码头的游艇上。走进马尚预定的包厢，黑压压的全是人，打完一圈招呼，我并没有记住谁是谁。

马尚拉着我说：“刚签了一个项目，哥们在老头子面前腰杆子直了！”说完就和我碰杯，“咕咚咕咚”喝个精光，然后说：“今天要好好嗨皮一下！”

看着这灯红酒绿的场面，我莫名地有抽离感，是厌倦了这种日子，还是从未享受过？音浪太强，谁说的话都像是在烘托气氛，谁都听不清楚别人在说些什么。

我和其他朋友玩着游戏喝着酒，玩累了就从拥挤的人群中挤出酒吧，马尚跟着也走出来。两人坐在马路牙子上抽烟。我抽，是因为莫名的伤感；他抽，是因为有心事。两人都没言语，接连抽了三根烟，周围站满了等待入场的酒色男女，我们在各种大白腿穿梭而过的光影里，同时深深地叹了口气，他说：“安星，你觉得我哪差了？”

“哪差了？人帅，有钱，高学历，高智商，重义气，有本事，算是你们富二代圈子里一股清流。”

“别他妈说这些没用的，居然有女人是我搞不定的！是不是见鬼了？还有没有天理，我可没做过缺德事。”他耷拉着脑袋，看着地面上的烟头，然后猛地起身，重重地把手上的烟抛向空中，火红的烟头在空中划出一道光，像一颗小小的流星，坠落在远处，溅出星星点点的火花。

22

我躺在地上，面朝着星空，阴郁的情绪更加强烈，眼前浮现她的样子。马尚也躺在地上，周围的人已经见怪不怪，酒鬼太多，没人关心怎么了。他拿出手机翻看着照片，用脚踢了踢我的脚，说：“看！”

我没搭理马尚，依旧看着我的星空和若隐若现的她，心中的思念隐隐作痛。他把手机屏幕放在我眼前，挡住了星空，我的目光从远方聚焦到手机屏幕上，看见显示的照片里的人，和我的“她”有几分神似，我不确定是幻觉，还是真实的。我爬起来，拿着马尚的手机翻看着，一张，两张，三张，张张都是她的模样。我问马尚：“这女的是谁？”

“我女人啊！”

“她叫什么？”

“随便啊！”

我擦了擦眼睛，试图看得更清楚一点。视线因为酒精的作用，而无法聚焦。看着时而清晰、时而模糊的照片，我又躺在了地上，闭上眼睛睡着了。

睁开眼睛时，看见的却是艾妮，她拿着毛巾正在帮我擦脸。我问：“怎么是你？”

她的脸上泛着红晕，像是喝了不少酒，一边帮我擦着呕吐后的污渍，一边说：“我看见你喝醉了躺在地上，就把你拖回家了。”

“马尚呢？”

“他还好，应该还在酒吧。”

“我刚刚看见她了！在马尚手机里。”

艾妮生气地把毛巾丢在我的脸上，站在床边说：“那是你的幻觉，如果真有，如果你们真的有爱，她为什么不来找你？明明就是幻觉，你为什么要折磨自己？我哪比她差了？你是不是瞎啊？”

我已经没有了力气拿开脸上的毛巾，隔着毛巾说：“我真的看见了！不信拿马尚的手机来看看就全明白了！”

艾妮俯身把我脸上的毛巾拿开，说：“把衣服脱下来，擦不干净，要洗！”看我没有动静，她便帮我脱完上衣，正准备解开我裤子上的皮带，我本能地用手抓住她的手。她把我的手拿开，说：“这又不是第一次喝醉，你不是说自己很花心吗？有本事自己脱裤子，别拽住！胆小鬼！”衣服全被扒光了，艾妮抱着衣服走出房间，我光溜溜地躺在床上又睡着了。不知道过了多久，我醒来的时候，已经是趴着的，全身很冷，冷得直抖。

再次醒来时，艾妮在用酒精擦拭我的后背，因为我高烧了，用这种办法降温。在梦境里我的她也用过这个办法。艾妮给我的脑门上贴了降温冰贴，身体是热的，我感觉我却还是冷的，身体不听使唤地颤抖。

艾妮拿了厚被子给我盖上，像裹木乃伊一样包裹着。她摸着我的脸，另一只手拍了拍我的被子，问：“还冷不冷？”

“冷！”

“那就去医院。”

“不要，怕打针！”

“万一烧出毛病怎么办？”

到底去不去医院，两人争论了一会儿，最后还是艾妮妥协了。隔着被子紧紧地抱着我，我的身体也慢慢地感觉到了温暖，一会功夫感觉开始热了。艾妮迷迷糊糊趴在我身上睡着了，我翻身让她滑落到旁边，把被子盖在她身上。

“干什么？赶紧盖好！”她被惊醒，起身又把被子裹住了我。

“我要上厕所啊！别裹了。”

“你能自己去吗？”她很怀疑地看着我。

估计是我自己把胃里的东西吐干净了，起身有点晃，饿得没力气挪步。艾妮躺在床上笑着说：“你走啊，走两步我看看，别以为你穿个内裤就是超人。哈哈！”

我走到衣柜前，找了睡衣穿上，说：“能帮我煮点东西吃吗？好饿，饿得有点前胸贴后背了。”

“好吧，煮面，快。”艾妮哧溜一下坐起来，下床去厨房。从我身边侧身过的时候，她的脸依然是红的，明显是生病了。秋天的天气，温差很大，她为了照顾我，自己也发烧了。

我坐在餐桌前吃着面，艾妮坐对面看着，说：“你那个她有这么好吗？”

我点点头，继续吃着面。在马尚没有给我看见照片之前，很多时候都会觉得艾妮像极了梦境里的“她”，长相都有一点点像，莫非是同一个人？但确实又明显不是相同的一个人。这种错乱的感觉一直埋在心里，不知道怎么解开。

艾妮从冰箱里拿出冰贴，贴在自己的脑门上，嘲笑我说：“你们那么相爱，她为什么不来照顾你？”这明显是在怼我的不识相。

我哑口无言，看着碗里的面，心里想：“是啊，她呢？这到底是哪错了？我真的有病？”

我们各自回到自己房间，我睡不着，头疼。不知道艾妮烧退了没有，我走到她的房门前，内心却在做思想斗争：“这个时候进去，会不会有误会？万一表错情答错意，怎么弄？”

艾妮的房门没有反锁，我走进去，看见她蜷缩成一团，摸摸脑门后，我赶紧找了退烧药给她喝下。换过她脑门上的退烧冰贴，又多给她颈椎上贴了一张，正准备掀起她的上衣，要在背上贴一张，她拽住衣角羞答答地说：“没穿内衣！”我没考虑到生病还有男女之别，逗她说：“没穿怎么了？你都看过我的裸体了，我不看回来，太吃亏。”气氛突然尴尬起来，她没说话，我也不知道说什么，没有继续撩起她的衣服，把冰贴放她手里说：“你自己贴吧，我去给你倒杯水。”

窗帘透出了阳光，已经到了早晨，艾妮躺在床上，我躺在床边的“美人靠”沙发上。我还是有点低烧，她完全退烧了。这次我睡着了，很意外并没有进入梦境。

23

去了一趟工地，到了下班时间，我就直接回家了，推开家门就闻到一股什么东西被烧焦了的味道。看着艾妮在厨房手忙脚乱地忙活，我问：“怎么了？”

“刚刚跟我妈妈聊天，忘了关小火。”

我换好衣服，坐在餐桌前喝着橙汁，她把做好的菜放桌上，说：“准备吃饭！”放下围裙又说：“我妈问什么时候见家长？”

“啊？真的见家长？我的她怎么办？”

艾妮乐呵呵地说：“你的她？没事啊，我不介意！”

“那她介意怎么办？”

艾妮有点生气，很不耐烦地说：“那你请她来，我们三个人面谈，不行的话，就三个人过！”

“我真的不觉得她是幻觉，我要一直等到她出现。其实现实中真的有她，我在马尚那看见了。”

艾妮一边给我夹着菜，一边很严肃地对我说：“你现在看上马尚的女朋友，他可是你兄弟，这事你考虑后果了吗？我不管这个女的有没有真实存在过，如果你担心一脚踏两船内心不安，很简单，我们一起等！我陪你等！直到她出现，直到你说不喜欢我，我退出。”

“我本来就不喜欢你！”我小声的自言自语。

“什么？我麻烦你大声看着我说，安星！不！喜！欢！艾妮！你说完，我就卷铺盖走人。”

我还是没能说出那句，虽然心里一直有人，但并不讨厌艾妮，她很优秀，我找不到理由说“不喜欢”，也找不到理由同时喜欢两个女人，复杂而又矛盾的情绪，把我压抑到要窒息的感觉。

艾妮比我想像的要强大，她很认真地说：“安星，我有洁癖，心理上和生理上都有，我不允许喜欢我的男人还喜欢别的女人，但我让步，我允许你心里装着她。就算你跟她发生什么，我都不介意。我知道她很好，不影响我喜欢你。”

我捂着头，痛苦地说：“这样会很乱，我的心没有大到装下两个人。”

“那你要我怎么办？你在等一个等不到的人，而我却活生生地在你面前，醒醒！好吗？我不比她差，为什么要这样？”

我的心很乱，在没有搞清楚情况下，根本无法判断和选择谁。我带着歉意对艾妮说："你确实是个好姑娘，如果下辈子你先于她出现，我选择的肯定是你，但很遗憾，我先喜欢的是她。谁都没有错，错在了时间，阴差阳错。记得下辈子早点相遇，真的谢谢你喜欢我。"

艾妮很焦虑地问："那现在算什么？"

"要不就这样，我认你做妹妹吧。"我自以为是地觉得可以处理好彼此的关系。

她冷笑道："您老人家就算了吧？我们可是差了八岁，我叫您大叔都不过分。"

我尴尬地说："那就认叔吧，在她没出现之前，你是自由的，如果有喜欢的人就离开我，我不介意。在这期间都别有男女关系，关系好归好，别越界。"

"那我有男朋友了，你不会伤心死？"艾妮洋洋得意的看着我，说，"毕竟我这么美！"

"你有就更好，本来就是自由的，我继续等人出现，不妥协。"

艾妮失落地低下头，说："如果她真的出现了，你会选择谁？"

"她。"

艾妮沉默了一会儿，我有点心疼她这么坚持，她却表现得很阳光，还是微笑着对我说："如果她一直不出现，什么时候才会答应我？我总不能遥遥无期地等吧？"

"那肯定不能，如果确认她只是幻觉，我肯定会放下。我现在自己都讨厌自己，喜欢她是真的，喜欢你，也不假，但没到男女关系的层面。我总不好同时和两个人好上吧？"

"那好，我帮你把这事情搞明白，如果确定是幻觉，你得死心塌地地喜欢我，我也不介意你喜欢过她，谁还没有喜欢过几个人的经历，没事。这还真有可能是你脑子受伤的后遗症，我接受。"

吃完了，收拾干净后，我们坐在阳台喝着茶。艾妮问："我妈那儿怎么回复？"

我想了想，才回答："咱们现在只是朋友呀，没到见家长的程度。对了，有个约法三章。第一条，结婚前不碰对方，通俗点就是不发生男女关系，省得朋友都没法做，我还是很珍惜你，是个好姑娘，也是个能交心的朋友。第二条，不搞暧昧，不能因为彼此喜欢就故意引诱或使绊子下圈套逼对方就犯。第三条，不绝交，其实我不觉得这个世界上的男女除了乱搞就没有纯洁的关系，彼此喜欢，彼此祝福，成全最好的，为什么要占有？并不是喜欢了就适合，也不是适合了就能有婚姻。随缘才好。不强求，不能把关系搞别扭了。"

"同意！拉钩！"我们伸出小拇指玩着拉勾的小套路。

我心里一直惦记着一件事，喝醉的晚上，马尚手机里的那个女人是谁？后来因为都很忙，没有追问。正要给他打电话约饭局，他却先拨通了我的手机。

电话那头很吵，马尚说：“嘿，晚上我要跟女朋友表白，来给我助威。”

“要我怎么做？”

“当然是盛装出席，记得带那个谁，你女朋友。”

“不是解释过吗？没女朋友！艾妮那是假扮的！警察！懂不懂？”

“我管你是紧是松，带上！地址发给你，再见！”

24

看着艾妮穿低胸装，我都感觉到自己很冷。命令她换衣服，她反驳：“反正都在室内，不冷。你哥们的重头戏，终身大事，咱们不要给足面子？”

“大小姐，你这个是不是太暴露了，又不是向你求婚，你没必要搞得这么夸张。”

“大叔！能不这么土吗？还不是给你长脸，买来还没穿过，回到单位也不可能再穿。”

“快点吧，每次化妆都那么久，已经够漂亮了，不用那么费劲。”

艾妮一边化妆，一边用不屑的眼神看了我一眼，说："女为悦己者容，懂吗？万一我碰到个帅哥呢？你不就开心了，解放了！"

她的阴阳怪气，我已经知道套路了，不搭腔，不回话，保持沉默是最好的对策。

我们如期赴约，在一间超豪华的餐厅，艾妮的着装很符合这里的调调。我就稍微随意了一点，站在一起，有点像她身边的司机大叔。

我们刚进门，马尚向我们招手说："就剩你们俩了，赶紧坐下。"接下来餐厅灯光变暗，他站起来说："今天是一个特殊的日子，从我第一眼看见她，眼里就再也没有其他女人，我喜欢她开心的样子，我喜欢她生气的样子，我喜欢她爱搭不理的样子，我喜欢她温柔地看着我的样子。她就是邓黛。"

听到"邓黛"两字，我看着长条餐桌的另一头正坐着的是梦境里的"她"，激动地站了起来，所有人都把目光从马尚的身上转向我。马尚说："兄弟，你别激动啊，我话还没说完，你是尖叫组，我说完你再起哄，快坐下。"

大家哄堂大笑，原本很浪漫的氛围被我破坏了，我下意识地坐下，让马尚把话说完。

马尚离开座位，走到长条餐桌对面的位置，我的目光也随着转过去，我看见邓黛，坐在那惊慌失措。她比我想象的要年轻很多岁，印象里有三十多，实际看见的是二十出头，最多和艾妮同龄。

马尚单膝跪地，拿出戒指递给邓黛，说：“嫁给我吧！”

大家跟着附和：“嫁给他吧！嫁给他吧！”

艾妮坐在我旁边，已经察觉到我的异样，她看着我，我看着邓黛，邓黛看着马尚，时间被定格了。邓黛似乎没有要答应，她很生气地说：“不要这样，不是说好了吗？我们只是好朋友。”

马尚几近哀求地说：“不要这样好吗？你知道我有多么喜欢你，答应我吧！”

大家都在为马尚求情，邓黛却无动于衷，视线从马尚的身上转移到远方，看着我的方向说：“抱歉，我心里有人。”气氛降到了冰点，大家都不知道如何继续下去，她拿着包离开了餐厅。

事情发生得太突然，我的头疼复发，剧烈的疼痛疼得我瘫坐在椅子上，随后不省人事。

不知道过了多久，当我醒来的时候，已经躺在了医院的病床上，艾妮趴在床边睡着了。我摸着她的头发，回忆着之前发生了什么。艾妮醒了，坐起来说：“醒了？担心死我了，还以为你醒不来了。”

我说：“没事！她呢？邓黛呢？”

“你就知道她，你记得邓黛是你兄弟的女人吗？”

我很失落的“哦”了一声，又闭上了眼睛，继续睡觉。

从马尚求婚之时，我脑淤血瘫痪了，一晃过去半年，再也没有了邓黛的消息。我不好意思去问马尚，毕竟他们俩的事情在前，横刀夺爱在男人的关系之间是大忌。

艾妮很悉心地照料着我，我也慢慢康复了，除了行走不便，基本都好了。我坐着轮椅上，她推着我在公园散步，我问她：“你这天天的不去工作吗？”

“不了，请了长假。”

“单位是你们家开的？说不干就不干？”

“差不多吧。渴了没？喝点水。”

我喝着水，看着篮球场的球赛，试着站起来，双腿一点不听使唤。她把我往回家的方向推，好奇地问：“你一点都不想你父母吗？”

我回头看着她，说：“你不是查过我的背景吗？应该知道我家的事情。”

“他们来看过你，给了很多钱，让我别告诉你。”

“那你还告诉我干什么？”

“毕竟是一家人嘛！”

我很生气地说：“以后别再提了。”

25

马尚为了敦促我加强运动，在我能站立行走时就开始约我打篮球，效果很明显，没多久我就恢复了健康。定期打球的习惯也养成了。

中场休息的时候，我问马尚：“怎么一直没看见你的女朋友，叫什么来着？”我试探性地问邓黛的情况。

“哎，别提了，所有人都看好，就是她自己不同意，和所有人断了联系，不知道去哪了。”

我问：“她家里也不知道？”

“哪能不知道啊，肯定是不想告诉我。”马尚很沮丧地运球、投篮。

艾妮拎着一袋子瓶装水走过来，给他们发水，对我说：“大叔，累了吧？晚上带你去一个地方，吃好吃的！”

“我也去！”马尚抢着说，然后低着头看手机。

一伙人簇拥着到了一家吃云南菜的餐厅，有各种菌菇和野菜，味道很特别。艾妮说：“这是我朋友加盟的餐厅，全是云南空运的地道食材，绝对原生态纯天然。”

“那我们几个不如把自己空运过去，吃当地的餐厅，呼吸着原生态的空气，泡着原汁原味的小姑娘，可好？”我逗着艾妮。

马尚连忙接话：“去啊，现在就去，谁不去就怂了。”

几个人迅速解决了晚餐，各自回家整理行李，到机场集合，赶上最后一班飞机，直飞云南昆明。谁也没有做攻略，朋友圈打听着哪有好吃的就去了。

安顿好，睡了一个大懒觉，坐在滇池旁的酒店里，几个人懒洋洋地喝着下午茶，手机响了，艾妮在电话那头说：“有艳遇吗？大叔。”

我躺在沙发上说：“没啊！一个鬼影都没有。”蓝蓝的天空，一点云彩都没有，阳光照射在波光粼粼的湖面上，美如油画，让人只想躺沙发上发呆，晒太阳。

有哥们在旁边起哄：“安星，快点，别让美女等久了。”

艾妮听见了他们的声音，阴阳怪气地说：“注意身体啊，找艳遇，大理有，艳遇之都嘛。”

“好的，我去了啊。”

几个人租了一辆车，自驾去了大理，到了客栈正准备办入住，一个哥们拽着马尚说：“快看，那是不是嫂子！”

马尚急忙问：“什么？”

“邓黛！”远处一个拎着菜篮子的女人，身边挽着一个男人有说有笑地走着。马尚见状就追上去看个究竟。

剩下的人都办好了入住，安顿好后，在楼顶欣赏着古城的夕阳。马尚回到客栈，无精打采地坐在我们中间说：“她结婚了，在这开了一间客栈，当老板娘。”

没有人搭话，大家都异常沉默，我的心情比他们更糟糕。我不想面对现实，但不得不面对。至今也没有和她面对面说过一句话，就这样结束了一段刻骨铭心的感情。

马尚已经没有勇气去追求邓黛，我同样也不知道怎么办才好，希望邓黛幸福，一切就这样结束吧。不管是幻觉还是实实在在存在过，都该画上一个句号。

酒吧的音浪隔着几条街都可以听见，忧伤的情绪感染着所有人，酒没喝多少，但都醉得不轻。极度克制的情绪，在一个酒杯落地时被引爆。

两伙人因为一个不小心的磕碰，扭打在一起，酒吧砸了一半，该出手的不该出手的，都打起来了。看样子情绪低落的不止我们几个，发泄了也就好了，都被抓进派出所过了一夜。

第二天上午警察派人找到邓黛来捞人，赔完钱，认了错，签完字，几个人像泄了气的皮球，跟着她回到客栈。我走在最后面，等他们一个个上楼，邓黛从楼上走下来，我向楼上走去，楼梯间我们四目相对，她说出了第一句话：“你还好吗？”

我回答不上来，好熟悉的“你还好吗？”等了太久，都忘了我们彼此有多么熟悉，我哽咽着无法出声，急得眼泪滑落在脸上都不知道擦干。

“好好的吧！”她侧身从我身旁走下楼梯，那个瞬间我看见她也流泪了，为了不让我发觉，她没有回头，用手擦了擦眼角。

26

回到家，我没告诉艾妮我遇见了邓黛，像往常一样，每天嘻嘻哈哈地过着日子。公司的项目最近比较多，回家的时间越来越晚，不管到几点回，艾妮都会在客厅等着。

我加班后回家，进门一边脱着鞋，一边朝她喊：“姑娘，我回来了。”

艾妮其实已经睡着了，听到声音就立刻起身，站起来说：“饿没饿？给你熬了红豆绿豆黄豆黑豆……”

我打断她的话，说：“行了行了！八宝粥是吧？”

她走到我身边，身体贴着身体，脸几乎贴着脸了，大声喊：“错！是彩虹粥！”

“你就算了吧，只要有红豆和黑豆，这锅粥就不会七彩。”

她跑去打开盖子一看，果真是我说的样子，和八宝粥没区别，整锅红黑色的粥。

喝完粥，我到书房继续工作，还有很多账目要算。艾妮跟着坐在书房看着我，我让她先睡，她却不听话。我激将她，说：“不行，你帮我算账吧？我睡一会儿。”

艾妮居然没有拒绝地说：“好啊！你休息会儿，我来！”

我离开写字台，坐到沙发上，看着她好像很认真地看着账目，我说：“你能看出来什么？”

“从账面上看，你公司的资金可能会出问题，应收账款和支出的有大缺口。”她翻着本子，敲击着键盘，按着计算器，接着说：“你明天要跟公司财务的人开个会，去甲方那催款，否则会出大麻烦。”

我很吃惊艾妮怎么会算帐，一直只觉得她只会打打闹闹，便问：“学过？”

“你从来没问我家是干什么的，我有数字上的天赋，厉害吧？”

我正愁着工地上的事情，甲方的工程款迟迟不到账，公司已经垫资在硬扛着，几个项目都这样，材料款跟不上，施工要被迫停工。如果停工，公司更收不到进度款，一筹莫展了。

怕什么却来什么，事情还是发生了，有个甲方破产，欠的工程款无法按期支付，别的项目挪过来的资金无法按时拨回去，我们整个公司的资金链就此断了。

东拼西凑地借钱堵窟窿，最终还是无力回天。公司的项目全部停工，股东们忙得焦头烂额。开股东会议时，大家的情绪很低落，最终还是重组公司，股东调整，增资扩股，总算平息了破产危机。

吃完早餐，我没换衣服，艾妮看我没要出门的样子，好奇地问：“不去公司？”

“不去，公司已经不是我的了。”

“啊？怎么没听你说过？把我当外人？”

“跟你说了时间又不能倒流，就不说了。”

艾妮很生气，没再说话。回到房间收拾行李，出门前说了一句：“我有事，近段时间不回来。”

我起身拉住她，说：“不会吧？生气了？小气鬼。”

“没生气！你那事翻篇。你的案子结束后，其实我的任务并没有结束，依然在工作，回头再跟你细说，现在保密。”

“你在说什么？我完全听不懂。”

“你们小区住着一个很重要的监控目标，我在你家是最佳的位置和掩护，看见我房间的望远镜和箱子吗？已经撤了，你都没发现。”

我一直以为望远镜是艾妮的个人爱好，也没管她看的是什么，很摸不着头脑地说：“我不知道啊，什么都不知道。你都在干什么？”

她又重新拎起行李箱，打开门，走进了电梯间，留了一句：“好好的啊！回来的时候再跟你解释。”

27

公司破产危机后，我只是小股东之一，已经不参与具体工作了。没有工作的日子，刚开始还挺悠闲，过了几天就开始无聊了。当时为了公司的正常运行，跟很多朋友借了钱，虽然朋友们不催债，但每次见面都透着尴尬的氛围，久而久之，我也就不愿意出门了，一个人躲在家里看书。

书房的书，我大部分看过，重复阅读也显得很无趣。我到图书馆办了一张借阅证，每天拿着保温杯，从早到晚泡在书海里面，让自己的脑子不停歇，其实是在逃避现实。我不想知道艾妮怎么就突然消失在生活中，也不再去想为什么邓黛从梦里出来却变成别人的女人。活着好累，看书不累，就这样一天一天的过着，也是不错的选择。

书看多了，我试着自己写点散文。每天写一点，很快就积累了厚厚的几本，陆续出版着。

高远跑到图书馆的咖啡店里，要和我商量公司的事情，他的股份比我多，所以更着急公司的发展。他拿出一堆文件给我看，说：“这公司迟早完蛋，现在内部有很多问题。我正在和朋友商量筹备新公司，做进出口贸易，你给点意见参考一下。”

“跟谁合伙？要慎重。”

“我一个 EMBA 的同学，叫钟毅，前几年到云南开客栈，过着逍遥日子。不久前他家老爷子不行了，要回来照顾。他有亲戚在欧洲做红酒，所以一合计准备干这个，花不了多少钱。”

“你自己知根知底就好，实干才是硬道理，支持！”

约好了到高远的新公司看看，走进他的办公室，看见了一个熟悉的背影，正在和他谈事情。我安静地坐沙发上等他们谈完，直到高远对我说：“不好意思啊，再等一会儿，马上就好。”

那个熟悉的背影转过头看我，我也看见了她，她朝我笑着，梦里的那种微笑，散发着特有的温柔。很久没有过的开心涌上心头，我不由自主地站了起来。

高远向她介绍我：“这是安星，我的老弟兄，一个很有才的作家。”然后他又指着她说：“这是我们公司的创始合伙人兼总经理，邓黛，邓总。”

“你好！”我居然很腼腆地跟她打招呼。

邓黛还是那么大方得体，站起来微笑着说：“你好啊！”

寒暄过后，她没有坐下，就这么盯着我看，久违的熟悉的感觉。我也看着她，有点控制不住想走近她，抱抱她。高远没觉察到这些细微的情况，说：“都别站着了，坐下，马上就好啊。”

他们谈完事情，正巧有人打电话找高远有事，他就对邓黛说：“你帮我带安星参观一下公司，我出去一会儿，马上回来，下班咱们一起去吃饭。”

邓黛带着我参观了各部门和展厅，最后走进她的办公室喝茶。她倒着茶，问我：“你还好吧？”

我的心情非常复杂，这是第三次见面，其实在梦里还见过无数次，又不好意思说出来，太唐突了，我便问她：“你见过我吗？”

“当然，你忘了？”

“哦！没忘。”因为紧张，我竟然不知道怎么聊天。

“书卖得怎么样？”

“你有看？”

“有，无意间在机场的书店发现的，如果不是上面有照片，还真不知道是你。用的是笔名吧！”

“嗯。”我不知道怎么聊，眼看着就要把天给聊死了，高远进来叫我们去吃饭，才算化解了尴尬。

到了餐厅，我们点完菜就开始闲聊，高远天南海北地聊着，我和邓黛听着，时不时地对视着，千言万语都化作了微笑。我知道她是怎么想的，不知道她是否能感受到我的所思所想，之前的默契也不知道还有没有了。

席间的话题转到了家庭，高远对邓黛说："有没有好姑娘给我们安星介绍一个？"

邓黛很吃惊地问："不会吧？不是有女朋友吗？我一直以为你有。"

高远接话，问："你们认识？"

我回答她："不，没有！"

他们两人齐刷刷地看着我，眼神中带着很多问号，我喝了口茶水，继续解释道："那个不是，当时牵涉一个大案子，她保护我的安全，大家误以为是我女朋友。"

邓黛听完后，笑得特别开心，居然笑到捂着脸流眼泪。我和高远莫名其妙地看着她，我问："怎么了？"

"没事！"

28

听到有人开门，我从书房走出来看看是谁，艾妮总是这么突然出现，又会在莫名其妙的情况下消失，我也已经习惯了。这次的消失也相隔了大半年，她把行李放在地上，说：“你为什么从来不换锁？是不是想着我呢？”

“想的美啊你，我好好的换什么锁？”

“嗯，如果我哪次开不开门，大概是因为这里有新主人了。”

“没，宁缺毋滥。”

“好吧，咱们现在是几个意思？你那个梦中情人出现了，你又不去追！我这个大美女，你又不碰，你在搞什么鬼？”

我帮艾妮把行李拿进她的房间，她跟在屁股后面说：“房间一点都没动过？东西都霉了！”

“不会，我经常打扫，同是天涯洁癖人，相逢何必曾相识，对否？”

我们一起去超市购物，她又要弄几个新菜试试我的胃。最近新开了一家超市，都是有机食品，我们特意开车前往，来一次大采购。

艾妮在工作中凶神恶煞的，生活里却是一惊一乍的小姑娘，不知道是不是长时间的紧张工作导致了这种状态，有点人格分裂。

走到果蔬区，很意外地碰到邓黛，她看着我和艾妮手挽着手，表情里似乎带着一点愤怒。我刚要打招呼，说：“邓黛……”她却见状转身离开。

艾妮推了推我的胳膊，说“这不是你那个梦中情人吗？她怎么走了？”

我追上去拉着邓黛，问：“怎么了？你不认识我了？”

“哦，你好，忙吧，我买好东西了，准备回家。”她推着购物车要离开，我太了解她的脾气了，生气一定不会大爆发，都是冷冷的感觉。

我心急了，脱口而出：“不是你看见的那样，艾妮不是，我，我……”话说了一半，却无法继续说下去，艾妮推着购物车撞了我的屁股，我回头看着。

她们两人异口同声地问：“我什么？说啊！”

三个人僵持在人群里，我急速把脑细胞都调动起来，也无法想到怎么处理这种情况，突然灵机一动，转移话题问邓黛：“你这是在生气吗？”

她没料到我会这么问，很尴尬地脸红了，丢下一句话：“我生哪门子气，你们玩吧。”说完就快步走向收银台。

艾妮侧着头盯着我继续追问：“怂了？”

我看着邓黛远去的背影，回答艾妮：“哎，别添乱好吗？已经够乱了！”

“你是不是忘了我们当初的约定？你说谁先出现就先认谁，她邓黛明明就是在我之后的！你还说搞清楚是梦境还是现实后，就安心喜欢我一个人。你骗人！”

我感叹道“我感觉她也有对我似曾相识的感觉，这大概是天注定的！”

“你能不能醒醒，人家是有夫之妇！我查过了。”艾妮用眼睛狠狠地瞪着我说，“我不是没人要，追我的很多，家里安排的相亲也很多，只要我点头，比你帅的，比你有钱的，比你有本事的，多了去了！”

我听完她的话，也情绪激动了，小声问她：“你喜欢我什么？我改还不成吗？别闹了。”

艾妮很少说狠话，虽然很闹腾，但不会失控，一直都是很克制的性格。她听完我的话，立刻变了个笑脸，说：“哈哈，不好意思，我有点激动了，失态！抱歉，回家再收拾你。我们赶紧买东西，我都饿死了。”

29

我在洗碗，艾妮在洗水果，准备洗完了看电影。她抱着水果盆对我说：“我现在其实特别想听到你说不喜欢我，我就解脱了，能不能敷衍地对我说‘我不喜欢你’。”

我摇摇头，对她说：“这不是违心吗？我确实是喜欢你，但又没办法再进一步发展。如果我把节操拉低一点点，你说我和你发生点什么，又有什么呢？我情你愿的事情。发生完了呢？还能回到朋友的关系吗？喜欢和爱，爱和婚姻，根本就不是一件事情。”

艾妮似乎没有完全明白我在说什么，吃着水果看着我，我很严肃地说：“男女之间就三个阶段。第一个阶段是喜欢，喜欢就是看着开心。第二个阶段是占有，你喜欢对方，你想霸占着独享，失去了会痛苦。第三个阶段是成全，这个很难理解。如果你知道对方跟自己在一起比跟别人在一起更开心，就可以好好地在一起。如果你知道对方和别人在一起会更幸福，放过对方，这是成全，大爱。”

“那你是对我到哪个阶段？”

“我对你是第一个阶段，喜欢你，并不一定要占有。对邓黛是第三个阶段，她都结婚了，我当然不去打扰，成全她。”

艾妮递了个山竹给我，说：“你认为，邓黛怎么想的？”

我很揪心地说：“最怕就是这种误会，虽然没什么，但又像有什么事情一样。”

“你知道我为什么这么坚持地等你吗？因为你很善良啊，如果换成别人，肯定跟我发生男女关系了，没你这么木纳的男人。你睁大眼睛看看，我难道不性感吗？”艾妮摆了个风尘女子的造型，虽然性感，但看起来很作死的样子。

我找机会去高远办公室喝茶，顺便去看看邓黛，正巧她不在，就和高远聊起她。我问他：“邓黛最近还好吧？”

高远被问得一愣，盯着我反问：“你和邓黛很熟吗？”

“随便问问。”

“哦，看上人家了？她前不久刚离婚。真让我意外，两口子相濡以沫、相敬如宾，离得太突然。”

我隐约能感觉到她为什么离婚，假装不在意地问高远：“有一次在超市碰见了，后来就没见到过。她不在公司了？”

“在啊，离婚了，不影响这边，股权本来就是邓黛名下，他们的财产分割也很公平合理。没事的，她想走，我还不肯呢，能力真的很强。”话音刚落，高远使了使眼神，我转过头便看见了黛的背影。

我迫不及待地起身对高远说：“我去打个招呼，一会过来喊你去吃饭。”

走近邓黛的办公室，我敲了敲门，她头也不抬地说：“请进。”

坐在她的写字台对面椅子上，还是没有看见她抬头，她低着头在处理文件，说：“有何贵干？”

“来看看你！”

“我们很熟吗？”

“哪能不熟？我的梦里全是你。”我不小心把心里话也说了出来，这对于一个现实中刚接触不久的异性来说，绝对属于表白，如果被拒绝，应该可以认定为猥琐的调戏。

她听完我说，突然抬起头盯着我看，非常认真地说：“你是不是对别的女人也这么说？”

“不可能！我说的是真的！这绝对是第一次这么说话，不好意思，唐突了。”

“你知道我结婚了啊，知道还说这些？别跟我搞暧昧！”

我很无辜地看着她，小心翼翼地试探着，说：“不是离了吗？”

“离了就能随便搞暧昧？”她的话语充满了火药味，呛得我无言以对，但又感觉她在逗我，因为她的嘴角流露了一丝微笑。

等他们都忙完了，几个人一起到餐厅吃饭，我对邓黛说：“邓总，我给你来个魔术，看看我的‘法力’怎么样。把你要点的菜记在心里，再看看我点的是不是你喜欢吃的。”

她笑笑，不做声地点点头。

菜一个个上桌，高远依然开怀海聊，从隔壁老王聊到005型航母。邓黛一边吃着菜，一边笑着。我没怎么动筷子，我等着她主动承认我赢了。

高远敲敲我的补碟，说：“看什么看！没见过美女吗？赶紧吃啊。”

“没事！你们吃。”

邓黛没敢看我，憋着笑，最终还是抬头看着我，笑着说：“行了！行了！你赢了！吃吧。”

我听完她的话，拿起筷子开始吃菜。高远看见气氛很奇怪，也不知道发生了什么，只能自言自语地说：“行了！来！喝一杯！”

30

艾妮又留了一张便签贴在冰箱上，说：“大叔，我走了，照顾好自己，可能不会再回来了。”

我已经习惯了她来无影去无踪，但是从来没有收到过留言说不再回来。我的心情糟糕透顶，连朋友圈的动态都透露着忧伤。邓黛在评论里回复了一个微笑，奇迹般地让我的心情好转起来。

我打电话想听听邓黛的声音，那边传过来的却是一片嘈杂声，像是在酒吧接电话。聊了几句，她主动让我赶过去接她，话还没有说完，就断了信号，我安慰自己，也许是她的手机没电了。

到了酒吧，挤进人群，各种香水味、酒味、汗味、混合在一起的难闻的味道，让我从心里感到恶心。找了很长时间，我才看见邓黛。我站在卡座旁看着她，她拍拍沙发，让我坐下，贴着我的耳朵大声说：“玩一会儿就走！现在走，不合适！”

我无聊地陪笑着，邓黛拉着我和她的朋友们打招呼，到了一个美女面前停下了，邓黛把她拉起来干杯，大声喊：“甄美！甄美！这是我说的安星！安星！”

这个甄美之前梦境里出现过，是她的闺蜜，还是一样的漂亮，比那时要年轻很多。甄美本来还醉醺醺地和旁边的姐妹说话，听到“安星”就来了劲头，搂着我的脖子亲了一下脸，说：“好啊！终于出现了！帅！”

邓黛把甄美按回座位，示意大家：“我们先走了！”

搀扶着邓黛上车，她像睡着了一样坐在副驾座上，我能感觉到是装睡，因为我太了解她睡着了的时候是什么样子，呼吸的频率不一样。我便问：“你家在哪？”

她醉醺醺地反问我：“你会不知道我家在哪？”这个问题问得我很欣喜，因为从话语间可以判断出，有可能我们早就认识，也许灵魂深处有着特别的默契，说不清楚这个现象如何解释，，我便反问道：“你爸妈家？我知道，但是外国人在住。我印象里是这样！”

她摇摇头，说：“没啊，这两年没搬过家。之前租给别人住，收回来重新装修，自己住了，爸妈退休住着方便。”

我大概明白了，梦境里发生的是未来将要发生的。这种奇妙的感觉，几乎每个人都会预见到，可能只是我的感觉因为大脑受损或者其他的作用而突显。

我没有征求邓黛的意见，直接带她到了我家。路上吹着风，她酒也醒了一点，自己从车库出来，走在我前面，很顺利地找到我家的家门。靠在门上说：“快开门啊！磨磨蹭蹭干什么？”

我打开家门，她直接走到厨房打开冰箱，拿着冰水坐在客厅沙发上喝着，把我家当成她自己家一样的随意和熟悉。

我站在电视机前看着邓黛，她让我坐她旁边，要聊一会儿。看着她瘫坐在沙发上，眼睛一会睁开，一会闭上，心疼地问：“你干嘛喝酒？”

“压抑！太压抑！”

看见她这么颓废的样子，我心疼地抚摸着她的头，问：“怎么了？”我问完，她没有回答，瞬间就睡着了，这次是真的睡着了，像个婴儿。我把她抱进客房，帮她盖好被子，我回房间洗漱完也睡了。

一大早起床，我到书房写文章。路过客房，打开门看见邓黛没在床上睡觉，就去厨房找找看，果真在做早餐。我不确定她是否跟我一样有时空交错的感觉，便试探性地问她：“真把这当自己家了？”

她拿着锅铲，调皮地反问我：“不然呢？”

我偷笑着说：“是不是快了一点？”

“你就没感觉到我们上辈子认识？等我忙完，告诉你一个惊天大秘密！”

“你是想告诉我，这个情景在你梦里出现过？”

邓黛吃惊地看着我，说：“对啊！你怎么知道？”

我假装什么都不知道的回答：“我蒙的！”

“你去洗漱吧，早餐马上就好。”

洗漱完，早餐已经摆在了餐桌上。我问她：“你怎么找到我的衬衫穿了？”

“直接进卧室拿的，你睡着了，没吵醒你。我的衣服洗了，一会烘干。”

邓黛看着我吃早餐，很满足的样子，和梦境里发生的一样，动作和神态都是一模一样。我问她：“你怎么敢随便住在陌生人家里？”

“你是陌生人吗？”

“熟悉的陌生人吧？”

“嗯！让我猜猜你马上要干什么？”她装着一休哥开动脑子的样子，说，“休息一会就会去洗澡，对吧？”

“不用猜了，我也能猜到你马上要干什么！”

“干什么？”

“你猜我猜你要猜我猜你要干什么？”

她朝我翻着白眼，说：“傻不傻？玩绕口令吗？”

31

邓黛告诉我，她父母要见我，约我晚上去家里吃饭。我问："我要准备什么？要拿什么礼物？"

"不用客套，我家什么都不缺，人到了就行。千万别紧张！"她安抚着我，看得出我内心的紧张，因为我印象中，她结过婚，而且家里阻挠了什么事情。梦境里只有后面发生的事情，见家长的情景并没有看见，所以我还是特别紧张，怕出错。邓爸爸很客气，还没到饭点，拉着我去他的书房，看他收藏的东西，其实是在观察我的见识。

邓妈妈表现得特别热情，应该对我的印象挺好，多亏了邓黛之前的努力。邓妈妈在厨房和保姆一起做菜，邓黛跑到楼上抱了几本相册到邓爸爸的书房，让我看小时候的她。

"邓黛小时候很孤单，我和她母亲工作一直很忙，她跟着保姆阿姨长大。每次全家团聚出去旅游，她就特别特别开心，看看，这些照片都笑得呲牙咧嘴的。不过长大了就不怎么爱笑了，很奇怪。"邓爸爸一张一张翻看着，给我介绍着。

把几本相册翻完，邓妈妈走进书房说："不看了啊，吃饭了。"

吃完饭，邓黛带我上楼去她的卧室看看，站在阳台看风景，通红的火烧云泛着金色的光芒。我问她："我在看相册时，发现有几张照片是你和别的小孩的合影，穿着一模一样的衣服，你爸好像故意快速翻过去。"

“哦！那是我姐姐，双胞胎，异卵双胞胎，和普通双胞胎不同，我们俩一个像爸，一个像妈。六岁的时候，走丢了。这事情，我爸一直很自责。千万别再提，我妈每当想起这事就把他骂得够呛。”

“找了吗？”

“找了很多年，没有头绪。只能看老天的安排了。”她换了个话题，避免太伤感，问我，“我爸问我有没有跟你说过我结过婚，我说有。你还没正面回答过，你介意吗？特别是你家人。”

我家情况比较特殊，所以没有跟家里说过。我带着歉意对邓黛说：“不好意思，我还没来得及向家里说我们的事情。不过不用担心，我能做得了主，我只是通知他们就好，不用征求他们的意见。”

“你真的不介意？你可是有洁癖的人！”她很怀疑地看着我。

我沉默着，心里在组织语言表达我的看法，她急着催我表态。我说：“我的洁癖是针对未来，而不是过去。你之前的事情确实很遗憾，只能怪我没有早几年出现，谁都不怪，以后好好的就好。”

她撇着嘴说：“你还是嫌弃我！”

“真的没有嫌弃，那么多人结婚，那么多人离婚，这不是什么大不了的事情，别太在意。现在不都很好吗？合适的时间，合适的地方，遇到合适的人，才是最好的结果。老天哪会那么轻易让你得到想要的幸福。”

她不太相信，反复确认地问：“真的？”

“这就是最好的安排！”

邓黛听着我的态度，很满意地抱着我，正要接吻的时候，我向后仰着，气氛突然尴尬了。她松开手，退后了一步说：“你还是嫌弃我！”

我解释了半天，她完全无法接受，一个人走进房间，趴在床上赌气，任凭我说什么，都不搭腔。

迫不得已，我只能把我和艾妮的约定告诉邓黛。她半信半疑地问：“你们这种约定有用吗？你们生活在一起那么久，一点身体接触都没有？谁信！”

“真的没有！”

“怎么证明？”

“她去执行任务了，完全无法联系到，确实不知道怎么才能让你相信。”

邓黛继续追问：“你喜欢她多一点？还是喜欢我多一点？”我犹豫了几秒，她又接着说：“别回答了，我知道答案了。”

“不！不！别生气，我是在想，你说的喜欢和我说的喜欢，是不是同一个概念，别误会，肯定是喜欢你多一点。”

“骗人！喜欢我多一点，还要犹豫？”

“要不这样，等她回来，我们面对面说明白这事。”

“如果她一直不回来呢，等到老吗？”

“我相信她很快会回来！”

32

沉浸在再次相认的幸福之中，我好奇地问邓黛：“我第一次走进你的世界是什么时候？”

她脱口而出：“很小的时候！”

“你怎么辨别那是我？”

邓黛把小时候的故事讲了一遍，里面有很多经历跟我是重合的，却阴差阳错，一直没有让我发现。时间要回到邓黛六岁的时候，那年我十四岁。正月十五元宵节，大人们都带着小孩出门看灯会，我和几个小伙伴也在人群中玩耍。

一群小孩挤在一个小店门口买烟花，邓黛和姐姐又好奇又害怕地看着小孩子们手中的烟花“吱吱”地冒着焰火。

邓爸爸让两姐妹站在小店门口，衬着烟花拍照合影。邓妈妈很担心地盯着女儿们手中的小烟花，担心焰火把她们小棉袄点着了。

我买了一打“窜天猴”，等着老板找零钱，不知道是哪个小孩点着了大烟花，瞬间眼前一片火光，几个小孩被大火吞噬。我被气浪冲着后退了几步，摔在了小姐妹身边。这个时候很多人身上的火星燃烧起来，人群一片混乱，互相拥挤和踩踏，身边的小女孩头发烧着了，我急忙拼命地帮她拍灭火苗。小女孩头发上的火被扑灭，我的左手却不小心蹭在地上的火棍上，手腕发出“吱吱”的烫伤的声音，袖子也被点着了。

邓爸爸护着女儿们不被踩着，看着我帮忙扑灭其中一个女儿头发上的火，又急忙帮我扑灭了袖子上的火苗。在这短短的几秒钟，另一个女儿不见了。不清楚她是被人抱起来了，还是她自己跑开了。

一群小孩被送进儿童医院，里面就有我和邓黛。邓妈妈在医院照顾被烧伤的邓黛，她的小脸上烫起了水泡，谁都不知道是否会留下疤痕。邓爸爸还在外面寻找失散的另一个女儿。

我的手腕只是擦伤和烫伤，并没有非常严重，可能会留一点点疤痕。看着隔壁床剃光了头发的小女孩，我心里莫名其妙地难受，好好的小脸起了几个大水泡。

我给她讲故事，分散注意力。能记得的故事并不多，我反复讲着，她反复听着。我以为她很喜欢听我讲，其实邓黛当时是被其他几个烧伤的小孩吓得。我伤情很轻，至少不难看，她就盯着我，不看别的人。

我比邓黛先出院，把一个亲戚送来的小玩具送给她。我忘了是什么，她说是音乐盒，一直放在家里没丢掉。

邓爸爸想尽了各种办法寻找大女儿，一直没有她的消息。在邓黛找姐姐的时候，她的爸爸妈妈都谎称姐姐去外地上学了。时间慢慢冲淡了一家人的悲伤，但每个元宵节都会让全家再次陷入深深的思念当中。

邓黛因为当时年纪小，记忆慢慢变得模糊，姐姐的事情对她的影响并不大，只是听大人提起来的时候，会觉得很孤单。明明可以和姐姐一起成长，但却因为一次意外而改变。

我大学毕业时后，和同学高远进行了一场说走就走的毕业旅行。沿着山路徒步去了一个人迹罕至的半岛，实在走不动了，才拦了老乡的拖拉机，顺路带了我们一程。

拖拉机的速度比走路快不了多少，有些陡坡还要人下来推着前进。离目的地不远了，可以看见傍晚民宅上的炊烟。山里夏天也是很阴冷的，还有毒蚊子和各种小虫子。我把连帽冲锋衣裹得严严实实的，躺在拖拉机的草垛上睡着了。

路上还有人拦车，两个中学生模样的小姑娘，搭车要去我们的目的地。我爬起来伸出手，准备拽她们上车。她看着我手腕上的疤痕，停顿了一下，才爬上车，心里在想：“好熟悉的手，在哪似曾相识。”

那个时候的邓黛正是初中毕业，父母都忙着工作，没空管她。她约了最要好的同学暑期一起旅行，我们就这么再次相遇。

高远问邓黛："你们这么小的女孩，跑到荒郊野岭，不怕吗？"

"怕什么？我可是跆拳道黑带，一般人还是能够应付三五个。"

我听到这小孩口气不小，闭着眼睛说："还是别乱跑的好，去了住哪？吃什么？去干什么？"

"到了再说。"她不屑地回答我。

"跟着我们吧，别走丢了找不回来，被人卖到山里当傻子的媳妇。"

说是跟着我们，其实是隔着很远的距离，两个小姑娘在我们视线范围的几百米内玩耍。邓黛时不时地看看我们还在不在，如果看不见，就会靠近一点，让我们能看见彼此。

两天的行程，我们总共没有说到十句话，所有的交流都是我同学和她同学在传达。分别的时候，在车站的站台，邓黛低着头说了一声"谢谢"，我点点头，说："出门别穿裙子了。"她上了车，坐在靠窗的位置，看着我的背影走远。

邓黛告诉她同学："那个大哥哥，我其实认识，小时候救过我。"

她同学很惊讶地说："你怎么不告诉他？"

"我不知道怎么说啊，也许看错了呢？也许人家没当一回事呢！我就没说。"

她同学指着她的背包口袋，说：“他给你口袋塞了东西，看看。”

邓黛从背包口袋掏出我给她塞的钱，朝同学笑笑，然后带上耳机听着音乐。

33

我和高远路过一个小水库，风景很美，青山绿水间，有人在滩涂上搭帐篷，有人在远处的岸边垂钓。我们走到一块大岩石上留影，高远说：“到此一游，不如游个泳吧。”他把背包放下，脱着衣服。

“别下去，水太凉，容易抽筋！”

他已经脱光了衣服，裸体背对着我说：“你别下去，站岸上随时捞我上岸。”

我在岸上用相机拍着风景照，高远向一个小岛游了几十米，似乎感觉不好，他又往回游着。此时我听到一声巨响，山坡上冲出一辆载人中巴车，直接掉进水库里。

高远离落水的车不远，差点被甩出来的箱子砸中。他快速地游过去救人，全然忘了自己赤身裸体。

我急忙把相机放在地上，迅速脱了衣服，跳进水里救人。车里有人受伤，鲜血染红了汽车周边的水域。会游泳的人，在往岸边游着。还有部分人不会游泳，在水中挣扎。我拖着一个不会游泳的男人往岸边游，他因为太害怕，拼命挣扎着把我往水里踩。我呛了几口水，往水里沉下去，身体突然无法动弹，冰冷的水从脚底涌上头顶，失去知觉了。

迷糊中，有人抱着我往水面上升，一股暖流从头顶又涌向脚下。恢复了一点知觉，我下意识地抱紧旁边拉拽我的人。手心抓着软软的，带着暖暖的温度，依稀知道是个女人。没等我看清楚，后脑被重重地砸了两拳，再次失去知觉。

我被拖上岸后，嘴里被人吹着气，胸口被按压到肺都要炸了。咳了几嗓子，嘴里吐出来一滩水，但眼睛却没有力气睁开，听见一个女生的声音："他没事了，快去救那几个。"

高远裸体救人的事迹被人拍下来，在各大新闻里报道，他旁边那具"尸体"是我，为此我们还被大家嘲笑了很长时间。

高远对我说："当时我也想晕过去，救你的是一个漂亮的小姑娘，人工呼吸啊！懂不懂？就那么一嘴一嘴地亲着。"

我开玩笑说："那怎么没帮我留个联系方式啊？我得以身相许，答谢她的救命之恩！"

"哪来得及啊？当时情况太混乱，没顾得上。"

救我的女生悄悄地离开了，我休息了半天，和高远继续徒步旅行。

邓黛旅行结束后，上高中，然后考上大学。去大学报道时，她是一个人拎着行李去的。有一个男生贴着她走了几米，后面一个女生抓住男生的手，邓黛的手机在他手上。女生夺过手机，还给邓黛。男生同时挣脱了女生，正准备要推搡女生，女生一只手顺势锁住了他的喉咙。

男生挣脱了，疯狂地往人群里逃窜，女生追了上去，两人消失在新生入学报到的人海当中。

邓黛还没弄清楚怎么回事。既然手机没被偷走，邓黛就抓在手里以防再被偷。办好手续后，找到了宿舍，选了一个下铺住下。

大学的日子比高中有趣，邓黛参加了很多社团，每天过得都很充实。隔三差五会接到男生的告白，刚开始还会礼貌性地回应，人数多了，就变得冷漠起来。同学很好奇她为什么不尝试交往一个，那么多男生里，总可以挑出一个最优秀的。她总是回答："没喜欢的。"

我受邀到大学演讲，关于如何把大学生活过的更有意义，作为老学长，还是有发言权的。站在讲台上，看看下面这些稚嫩的脸，想起来我入校时的模样，开始演讲："大家好，我是安星，可能已经有部分同学知道了我。因为在校期间做了很多别的同学没有做过的事情，所以被叫回来分享一些心得体会。"

邓黛从中学到大学，已经过了三年，女大十八变，已经是亭亭玉立的校花模样。相比较，我的样子没有大变化，她能认出来我是谁。

演讲结束，同学们围着我问各种问题，有的留了联系方式，预备好了去我公司寒暑假实习。邓黛从人群旁边走过，心里在说："我倒是要看看下次是在什么时候、什么地方遇到。再见！”

冬天到了，学校里多了一些军人，听说是征兵入伍。邓黛有同学去报名，说是有利于考研。她打电话给邓妈妈，说：“妈妈，我想去当兵。”

“不行！女孩子家家的，绝对不行。”

邓黛很失落地打消了当兵的念头，等到征兵结束，看着同学站在新兵集合的队伍里，羡慕不已。

话剧社的活动集中在年尾，邓黛和同学们在准备学期结束之前的最后一幕大戏。每天排练厅门口都有邓黛的追求者在排队等候，刚开始他们之间还互相敌视，时间久了都没追到她，这些男生却结成了同盟。他们定了君子协定，公平竞争，谁先追到邓黛，其他男生自动放弃，不再纠缠她了。

钟毅是话剧社的台柱，在学校的口碑很好，直到大学三年级也没有和任何女生闹过绯闻，身边站着的都是男生，自然隔绝了是非。

排练中，男一号是钟毅，女一号是邓黛，在一个跳跃动作时，钟毅没有接住邓黛，导致她的脚崴了，肿得走不动路。排练被迫结束，钟毅背着邓黛走出排练厅，她的追求者们眼睁睁地看着自己喜欢的女生趴在别的男生背上，却无可奈何，只能眼睁睁地看着他们两人走出大楼。

邓黛发觉和钟毅待在一起，追求者逐渐变少。被追求对于其他人是件值得骄傲的事情，但是对于邓黛来说却是负担，她想好好地过自己的日子，等使自己眼前一亮的人出现。

34

钟毅和邓黛在一起的事情已经在校园里传开了。在别人眼里，他俩是郎才女貌。钟毅还很细致体贴，眼里只有邓黛一个女生，从不和其他女生单独走得很近。

邓黛下午没有课，跑去钟毅的教室蹭课，他的同学也都见怪不怪了。课间休息时，几个男生凑在一起围着她聊天。

“嫂子，能不能给我介绍个女朋友？你们年级很多美女。”

“你们自己去追啊，凭本事才行。”

“那钟毅是怎么把你追到手的？传授一下。”

“这事要问他啊。”

钟毅把几个同学推开，说：“散了散了！上课了！”

下课的路上，钟毅很扭捏地问：“一直想跟你把事情说清楚，一直不知道怎么开口。”

“什么事情？”邓黛抱着书，倒退着走路。

“关于咱们俩的事情呀，不知道怎么说。”钟毅很难为情地挠挠头。

“你不用说，我懂。”

“你懂什么？说说看。”

邓黛往食堂的小路走去，站在大树下的石桌旁，说：“我知道你不喜欢女生，你喜欢男生，对吧？要不怎么可能不碰我，还特意在人多的时候拉我的手，没人了就松开。对吗？”

钟毅坐在石桌上，拿出保温杯喝水，然后说：“你早知道了，为什么还跟我在一起？”

“我是觉得那些男生太烦了，我不找一个挡箭牌，他们天天纠缠我，累！”

“明明没有谈恋爱，你非装作有，坏了自己的名声怎么办？”

邓黛挽着钟毅的手往食堂走去，回答：“哪有啊，你不也拿我做掩护吗？各取所需而已，他们怎么看，我不管。”

他俩在食堂吃完饭，然后在校园里散步，钟毅笑着说：“告诉你一件很有意思的事情，有人给我钱，要我把你让给他。”

邓黛好奇地问：“我值多少钱？”

“蛮多的，几块钱吧，哈哈。”

“我给他双倍，让他死一边去。”

坐在操场的长椅上，钟毅感叹着：“时间好快，大学四年一眨眼就要过去了。”

“你什么打算？”

“不知道干什么，不想回家，想找个深山老林呆着！”

邓黛捂着嘴笑着说：“去吧，不送！”

“等我毕业了，你准备找谁接我的班？你可不知道暗流涌动，跟你在一起这段时间，我受到多少男生的威胁和攻击。”

“不会吧？怎么没告诉我？”

“告诉你，也阻止不了他们喜欢你。”

35

毕业季来临，校园里异常热闹，大家把不要的东西都搬到集市上出售。邓黛帮着钟毅一起吆喝，像是夫妻店的老板娘，与顾客讨价还价。

钟毅让邓黛吃刚买的西瓜，自己接着吆喝。邓黛问：“你爸帮你安排了工作？”

“早就安排了，不去！没一点意思。我自己去找找看。”

“图书馆楼下今天有招聘会，你去看看有没有你喜欢的？我帮你看着摊子。”

钟毅跑回寝室拿着简历去了图书馆，留下邓黛看摊位。别的同学卖的是日用品和学习用品，只有他们这里卖稀奇古怪的东西。我到学校给公司招一批新员工，去餐厅路上看见蹲在地上看着黑胶片的邓黛，问：“这玩意儿，能听吗？”

邓黛把西瓜放下，趴在摊子前帮我挑着，递了另一张给我，说：“这张，你肯定喜欢！”

我低着头找寻着其他的，并没有正眼看戴着鸭舌帽的她，便问：“你怎么知道我肯定喜欢？”

“凭感觉呀！”

我只是随便看看，买回去也没机器放，所以放下黑胶片起身离开了。她把我喊住：“呃！钱包掉了。”

刚刚蹲着在看东西，钱包从裤子口袋滑了出来，起身时掉落在地上，听到邓黛提醒，我回头躬下身子，捡起钱包，说了一声“谢谢”就走了。

钟毅无精打采地从招聘会回来，摇摇头，说：“没有什么中意的公司，人太多了，挤得一身臭汗，外校的学生也跑来凑热闹。

邓黛开心地说：“你知道我看见谁了吗？”

“谁？”

“我心里的那个人。”

钟毅踮着脚看看人群，说：“谁啊？哪个？我看看。”

“已经走了！”

“他是什么样的人？形容我听听，说不定能再碰上。”

邓黛眉头紧锁，快速地回忆之前的片段，想不出用什么词形容，叉着腰说：“我不知道啊，我不认识他，只是觉得他出现在面前就好开心。我也不激动，就是觉得他一直会出现在我的生命里，我一点都不担心这是最后一次相遇。”

“你在说什么？”

“我说，他对于别人可能是路人甲，而对于我则是另一种感觉，说不出来，反正像上辈子认识。”她理了理额头的发丝，塞进帽子里，说，“我有预感，偶尔在梦里。”

钟毅参加完毕业典礼，在校门前等着与邓黛告别。她下课了才匆匆赶到校门口，小雨已经淋湿了头发，站在雨中和钟毅拥抱在一起。

钟毅拉着邓黛的手说：“好好照顾自己，再遇到你喜欢的人就别等了，直接扑上去吃了他。”

“哦！有空来看我。”

两人依依不舍地告别，钟毅坐车走了。一辆车停在邓黛身旁，车里面的人探出头问："同学！问一下城建学院怎么走？"

邓黛用书挡着头顶的雨说："进去左拐，往前一百米掉头右拐，过桥后左拐就是了。"

车里的人说："有点复杂啊，同学，你也没带伞，不行上车带我去，我再送你回宿舍？"

上了车后，邓黛掸着身上的水珠，开车的人说："毕业了？"

"没！左拐。"

那人接着又说："你形象这么好，毕业可以到我公司工作，这是我名片。"

邓黛拿着名片看了看，马尚，建城集团销售经理。她好奇地问："是不是卖房子的？"

"是这意思！"

邓黛把马尚带到城建学院后，又坐着车回到寝室，下车时被马尚叫住，说："能留个电话吗？方便联系。"

"谢谢，没电话。"邓黛背对着马尚回答完，走进了宿舍楼。

马尚掉头去城建学院办完事，却对邓黛念念不忘，隔天就跑到楼下蹲点等着邓黛出现。一路尾随到教室，很快得知了她的所有情况。

话剧社的社长带着邓黛去见赞助企业的领导，说是有一部新话剧演出还缺经费，所以她答应去了。原来是马尚安排好的，他想制造偶遇的机会靠近邓黛。大家很认真地探讨着合作细节，马尚并没有邓黛猜想的那么图谋不轨。

自从钟毅离开校园，邓黛又变成了单身，渐渐追求她的人又多了起来。除了上课，剩下的时间她都在应付各种奇奇怪怪的表白。

36

马尚以为邓黛和其他女生一样，可以速战速决，而万万没有想到，她不缺钱，也不物质，没有虚荣心。送礼物、制造浪漫多次，均无功而返，这让马尚顿生了挫败感。

邓黛观察了一段时间，发现马尚并不是那么令人讨厌的花花公子。他的追求并不恶俗，还算有点分寸，渐渐地两人成为了好朋友。

马尚虽然不甘心成为邓黛的普通朋友，但也没有更好的办法，作普通朋友总比作陌生人好一点，说不定还有机会进一步发展。

约好一起去听音乐会，邓黛自己坐出租车前往。马尚知道她是为了避嫌，既然是朋友，互不相欠、简简单单的关系更长久。

音乐会进行到一半，马尚已经哈欠连天，他虽然是在国外读的大学，但对传统艺术真心不感兴趣，只是陪着邓黛而已。

邓黛小声对马尚说："要不你先回去吧，看你困成这样，蛮无聊的。"

"没事，昨晚没睡好，继续。"

听完音乐会，时间还早，马尚说："我有一个哥们今天过生日，陪我去露个面吧，完事送你回学校。"

"不了吧，我又不认识他们。"

"还是去看看吧，多认识些朋友又没坏处，都是特别好的朋友。"

邓黛晚上也没什么事情，也就答应去看看，正好也了解了解马尚的朋友，侧面可以判断他是什么样的人。

路上有点堵车，马尚有点急躁，不断地变道超车，正巧前面一辆车急刹，两车追尾了。马尚下车看了看自己的车头和前面一辆车的车尾，只是有点掉漆，问题不严重。

前面一辆车是高远开的，我坐在副驾上正在用电脑修改工程预算，一会儿去见甲方谈合同。高远下去和后车的马尚交涉，两人说话声音越来越大，我从后视镜看见他们要动手打架的架势，赶紧下车去看看情况。

"哥们！别喊了，不管是什么原因，后车都要保持安全刹车距离，警察来了你也是全责，都有保险，吵什么？都差这几块钱过日子？”我把他们拉开，说完就回到车上继续修改预算。

邓黛在马尚的车上看着刚刚发生的一切，没有下车。马尚和高远拍照取证，交换了联系方式后，就各自回到车上。

马尚看见邓黛在笑，问：“你在笑什么？”

“有意思！”

马尚的哥们生日宴快结束了，他和邓黛才赶到。大家见到马大少爷带着美女大驾光临，都站了起来，有人起哄马尚要自罚三杯。

“说好了啊，今天必须不醉不归！我先来三个。”马尚说完就喝了三杯酒入席了。

有人问：“这谁啊哥，也不介绍介绍。”

“邓黛，我朋友！朋友！好朋友！”马尚挤眉弄眼地说着，大家都明白他的意思，是要大家注意分寸。

大家互相劝着酒、聊着天，直到餐厅要打烊了才换地方继续喝。邓黛觉得有点晚了，对醉醺醺的马尚说：“我得回去了，你们玩吧。”

马尚想借着酒劲抱住邓黛，她后退了一步，用狠狠的眼神瞪着他，马尚知趣地收手，说：“那好吧，我让人送你回去。”

“不用，我打个车就好了，再见。”

邓黛站在路边等出租车，看见我一个人蹲在花坛边吐得一塌糊涂，想上前看看，又停下脚步，直到高远从远处拿着瓶装水跑过来，她上车离开了。高远找了代驾把车开回家，我打了辆出租车回家，告诉司机地址后，就躺后座睡着了。

邓黛坐的出租车在高架上抛锚，前不着村后不着店的，司机师傅看已经是大半夜，帮邓黛拦住一辆出租车，把她带下高架再打车。

“姑娘你去哪？要是顺路就不用下车了，后面这哥们去中山路。”

邓黛回答：“哦，那顺路，先送他，再送我。”

邓黛看见醉醺醺的我，心疼地把外套盖在我身上。司机问：“姑娘你认识他？”

“不认识。”

“那你心地真善良！”

车停在了小区门口，司机师傅拍拍我，喊：“嘿！哥们，到了！”

为了拿下项目，晚上和甲方的人喝了很多酒，我的酒量本来就不大，已经醉得不知道家门在哪儿。邓黛看我起不来，下车打开车门把我拽起来。

“师傅，多少钱？我先给你，在这等我一会儿，送完他，我再回来。”

司机看着挺感动，说：“去吧，我等着。”

邓黛找到我口袋里的门禁卡，上面有门牌号，扶着我跌跌撞撞地回家。把我扶到卧室盖好被子，她就悄悄地离开了。

37

邓黛大学毕业后去了一家房地产公司做销售，由于业务能力突出，很快破格晋升为销售总监。市政府相关领导到即将开盘的项目进行调研，因为该项目是市里的重点民生工程试点项目，邓黛作为讲解员参与接待。

警察和特警布防提前到工地现场，气氛比一般领导来的时候要紧张。我的公司负责样板房的装修设计施工，提前收到指令，安排主要负责人到场管控好人员及施工安全。原本是高远去，因为他生病住院，只能是我去现场顶替他的工作。

邓黛从容淡定地为领导们讲解项目情况，人群走进样板房施工现场，我让正在施工的工人先停一会儿，然后退到了人群后面，准备点根烟抽。

刚拿出烟盒，一个销售员模样的女人快步走过来说：“交出来！”她的另一只手放在西服里，耳朵上还挂着耳机，一看就是安保人员伪装的。

我被她的架势吓一跳，乖乖交出了打火机和烟。

接待完调研团，大家总算松了一口气，我正准备开车回公司，刚刚凶神恶煞的女人又站到我的车旁，说：“不准启动，下来。”

我看她一只手要掏枪的样子，乖乖下车，目送领导车队离开工地，随后才自己开车离开。走出去一段路，高远打电话来，说：“帮我去售楼处拿策划资料，找销售部一个叫甄美的。”

我走进销售大厅，找了一个闲着的售楼小姐，问：“你好，甄美在吗？我找她拿策划资料。”

售楼小姐朝远处喊了一声：“甄美！拿资料的。”

甄美抬头朝这边看，把手上的文件夹交给邓黛，说：“你看看，没什么问题，我就给设计公司。”然后招手让售楼小姐过去拿。

邓黛把文件夹还给甄美，然后走进了沙盘后面的办公室。甄美让同事把文件夹递给我，我拿着就回公司了。

邓黛在办公室接了邓妈妈打来的电话，说晚上要和一个老姐妹吃饭。这种情况一定是相亲，邓黛已经不止一次被家长安排相亲。她对坐前面的甄美说：“甄美，晚上有空吗？和我去吃饭吧。”

“是不是又是相亲？”

“哎，大学不让谈恋爱，刚毕业就催着相亲，真不知道我妈是怎么想的。”

“让你妈给我也介绍一个！”

“去看看？”

两人下班后一起去了约好的餐厅，甄美故意让邓黛在附近的商场逛了一圈，拖延半小时才进餐厅。

“不好意思，迟到了。”邓黛很不好意思地对大家解释，然后指着甄美说，“这是我同事，甄美。”

一阵寒暄后，那个相亲的男人才把话匣子打开。甄美是自来熟，为了缓解大家尴尬的气氛，叽叽喳喳地说了很多。

“郝浩，你小时候可乖了，长大一点都没变。”邓妈妈准备把话题引到邓黛身上。

郝浩和甄美聊得正在兴头上，没有听清楚邓妈妈说的话。邓黛也不想聊太多，就把话题岔过去，说：“我和甄美一会儿吃完饭去看电影。郝浩你去吗？”邓黛看他们俩聊得挺投缘，心里盘算着促成这段姻缘。

“好呀！”郝浩很开心地答应了。

三人到了电影院，邓黛让甄美坐中间，给郝浩制造亲近的机会。开场没过多久，邓黛接了个电话，借故提前离开了电影院。

邓黛给甄美发了一条信息：“好好把握，郝浩的条件符合你的要求，而且你们挺投缘。别担心我，我完全不介意，他不是我的菜，你懂的。”

“好呀！”电影散场后，甄美才回复了一条信息。

邓黛一个人在马路上闲逛，路过一间二十四小时经营的书店，点了一杯咖啡，坐在橱窗边看着夜色中的行人：一个老爷爷驮着背，夹着一叠报纸，蹒跚地走过；一对情侣一前一后走着，女人像是在生气，男人拎着几个购物袋在后面追赶着；一个中学生背着沉重的书包，站在书店门口，像是在等人，手上拿着刚买的两支冰淇淋。

外面的路人越来越少，而书店的人却多了起来。邓黛不好意思占着座位，起身往外走去，她站在门口停住脚步，感觉到未来某个时刻会发生点什么，会和书有莫名的因缘……

38

甄美摆弄着手链，告诉邓黛：“看，新款！”

“郝浩送的？进展够快啊！”邓黛低头签字，抬头看看甄美，把文件夹还到她手里。

“不是！别人送的。”

“啊？这样不好！你别两头落空，引火上身。”

“我才没你这么笨呢，你说你等一个莫名其妙的人，有什么意思？不如实惠一点，看得见摸得着，毕竟咱们的青春很短暂。好好珍惜啊，得享受当下。”

邓黛摇摇头，说：“去忙吧，跟你讲不明白。”

甄美趴在邓黛的写字台上小声说：“别等了，那个男人没主动，你又那么喜欢他，那就你主动好了，怕什么？姐给你当参谋，分分钟拿下。”

“没喜欢啊，根本就没接触过，只是感觉。你不懂什么叫命中注定。”

陆续有人送花到办公室，满满占据了邓黛整个办公室，犹如一个突然开业的花店。同事们羡慕邓黛的追求者众多，女人的虚荣心和嫉妒心已经沸腾了，三三两两议论着。

邓黛从总部开会回来，看到了这一切，让保安们把鲜花都搬走，不允许再有人捧着花束进办公室。看着门外等待着的男人们，她并不开心，想着下班后怎么处理，既不能伤害别人，又不能委屈自己。

人群中缺一个人的身影，那就是马尚，邓黛预感到他会想出其他人想不到的招数。下班时间刚到，她就从后门离开了，走到后街，看着马尚远远空着手走过来，邓黛问：“你不像那些俗人一样？好歹也送支玫瑰吧？”

“不了，俗气。你如果有人约，我就送你去，如果还没约，那就是我了。反正都是要过生日的，一起吃个饭吧？”

“我为什么要答应你？”

“没为什么，只是作为朋友为你庆祝一下，答应我吧！我们散步去，不远有个餐厅不错。”

邓黛没有再推辞，因为马尚没让她反感，还算礼貌不失风度。

到了餐厅，菜已经备好，马尚端起酒杯向邓黛祝贺：“生日快乐！”

邓黛也举起酒杯表示感谢：“谢谢你！”

“咱们能不客套吗？总感觉咱们之间隔着一道莫名其妙的障碍。这么久以来，你应该能发现我是什么样的男人吧？其实不坏的。”

邓黛笑着说：“知道。”

“那为什么总感觉你拒人千里？就不能稍稍地给个机会吗？”

邓黛摸了摸头发，说：“不知道怎么讲。”

“真急人，你就不能说明白一点吗？你到底是怎么想的，我很想知道。”马尚身子往前倾，衣服蹭到了碟子上。

邓黛指了指马尚的袖子，说：“别急，你看你像个小孩子，吃个饭还能把衣服弄脏。”

“没事，你快点讲。”

邓黛没有急着讲，她喝了一口酒，沉思了一会儿。马尚无可奈何地托着下巴撑在餐桌上，等着邓黛给他一个答案。

“其实你真的挺好的，比那些男人不知好多少倍，但不知道为什么，我对你就是没有男女之间的感情。”

“我等，可以吗？”

“等？对你不公平。别等了，你身边那么多优秀的女人，没有必要为了我而辜负她们。选一个她喜欢你、你也喜欢她的吧。”

话题没有按照马尚设想的方向进行，两人陷入沉默。邓黛内心已经有点心疼马尚的执着，但她也非常坚持自己需要什么，所以并没有心软。

马尚重新打开话题，说：“能不能这样？这么一直耗下去也不是个事情，你给自己一个时间，到那时给我一个机会！这辈子我真的没有求过人，给我一个机会就好，不成也就死心了。”

“别这样逼我，你不如找其他人试试，也许会遇到一个更合适的。我真的没有你想像的那么好。”

邓黛的话刺激了马尚，他却又忍住了激动，强迫自己冷静下来，说：“好吧，不强迫你，我不打扰你，远远地守着，总可以吧。直到你想明白了。”

餐桌上的菜并没有吃下去多少，邓黛感觉有点浪费，催促着马尚多吃点。话题虽然转移了，但马尚的情绪仍然很低落，沮丧都挂在了脸上，邓黛不忍心看到他这副样子，便把目光转向窗外。

39

最近邓黛的桃花运特别旺盛，无奈向钟毅求助，每天早晚接送上下班。甄美无法相信自己的眼睛，她更无法理解，为什么邓黛选择的是比马尚逊色的钟毅。邓黛内心非常清楚，只有让甄美相信这一切是真的，所有人才能停止议论，那些追求者也将散去。

钟毅照例在下班时间出现，在门口等着邓黛出来，正巧马尚的车停在眼前，两人互看了一眼。这时邓黛走出来，站在两人中间。

“走吧！”钟毅拉着邓黛的手。

马尚看着眼前的一幕，愣是没反应过来，他问：“男朋友？”

邓黛尴尬地说：“对啊！”

“真的假的？还是做给我看的？”

邓黛微笑着说：“我哪知道你今天会来。这不是碰巧遇到了吗？我介绍一下，我男朋友钟毅，我朋友马尚。”钟毅伸出手示意要握手，马尚没有回应，双手插在口袋里。邓黛明明知道马尚生气了，还是故作没看见似的，说：“这么没礼貌吗？人家找你握手呢？”

马尚很不情愿地和钟毅握着手，嘴里不知道嘟囔着什么。钟毅大方地说：“是不是有事？正好去吃饭，边吃边聊吧。”

三个人来到餐厅，邓黛坐中间的位置，两个男人分别坐在两边，像是一场谈判的开始。点完菜，马尚说：“我们公司业务在扩大，人手不够，我想邀请你加入我们团队。”

邓黛很吃惊地说：“怎么可能去你那儿，这算什么？”

“不！不！你理解错了，举贤不避亲嘛，我真的是作为朋友，诚挚的邀请你加入，待遇你提！”

“我在这做的好好的，不想跳槽。”

“迟早是要自己干的，到我这儿我给你股份。我父亲想培养自己人，董事会里在明争暗斗，其他股东都在想方设法掌控几个重要的高层岗位。”

“你们在内斗就更不能去，把我当枪使啊？不去！”

马尚显然不是因为私情才邀请邓黛，而是真的遇到了不利的局面。在董事会拟定的几个候选人选中，邓黛排第一。他哀求着，说：“如果不答应，我父亲打下的江山可能被人架空，真心希望你考虑考虑！”

钟毅打了个圆场，劝邓黛：“黛，你别急着回绝，回头考虑清楚再回复吧，不急。”

马尚附和着说：“对！不急，给你两天时间考虑一下，我好回复我父亲，这件事真的事关重大，其他人都不是最佳人选，其他股东不服，争议很大。”

邓黛考虑了两天，在整个房地产市场下调的情况下，马尚公司的业务受到严重影响，如果没有一个得力的销售总监去力挽狂澜，公司很有可能分崩离析而以破产告终。

到岗第一天，马尚带着邓黛参加了董事会的例会，马尚父亲看见邓黛，多日阴郁的脸上露出了难得的笑容，向大家介绍：“这位就是最近大家热议的行业新星销售奇才——邓黛。大家欢迎邓总！”

马尚在邓黛耳旁悄悄说：“在股东层面，我父亲已经开始移交给我了，我现在是董事。工作岗位上是你的助手，辅助你扫清障碍，加快资金回笼，请邓总多多指点。”

邓黛没作回应，认真地听着会议上的内容。会议结束后，到了办公室她才对马尚说：“以后不要说悄悄话，这样很不好。既然我们已经是同事了，还是要公私分明，请不要把私人情绪带到工作中。”

马尚嬉皮笑脸地回应：“明白，邓总！”

“严肃点，我如果发现下面有人在议论咱们，我会果断地离开，请你严肃对待我说的话。后果严重！”

“啊？你以前都这么严肃吗？”

“对啊！要不怎么管理下面的人？对了，我要带一个人过来，没有左右手，工作不好开展。甄美虽然能力一般，但执行力很强，等她那边交接好就会过来。”

“好嘞！您说了算，还有吩咐吗？没有的话，小的就下去忙了。”

邓黛狠狠地瞪着马尚，说：“刚刚说的就忘了？去吧，下不为例！”

甄美辞职后，休息了几天，邓黛约了她一起吃饭，顺便说说工作的部署。钟毅和郝浩聊着正在直播的球赛，邓黛和甄美聊着即将开展的工作。

邓黛给了甄美一份厚厚的文件，说：“你去这个楼盘工作一个月，别告诉别人你是谁，你就是一个普普通通的销售员，帮我摸清所有人的工作情况，特别是工作流程和各部门衔接上的问题。”

“哦！简单。”

“别说简单，复杂着呢，等进入工作状态时再跟你说细节。”

甄美擦擦嘴角，说：“吃完了，咱们去唱歌吧？”

“不去了吧，这两天没休息好。”

“去吧！好不容易出来一趟，还早呢！”

40

几个人正在包厢里唱歌，邓黛的手机响了，她走出门在过道里接电话。过道上来来往往有很多人，夹杂着各种跑调的歌声，邓黛心情突然变得沉闷，向洗手间走去。

邓黛从洗手台的镜子里看见后方有人摔倒，便转身看了看，走过去把我扶起来，她嘴里抱怨着：“怎么喝这么多？”

“人在江湖，身不由己。”我醉醺醺地回答着。

“你自己少喝一点儿不就好了！何苦呢？”

“做工程不容易啊，你哪懂，吐完了还要继续。”

邓黛搀扶着我往包厢走去，中途没站稳，还撞到一个女人，我直接抱着她摔倒在地。邓黛连忙一个劲地道歉：“不好意思，对不起！对不起！他喝醉了。”

摔倒的姑娘爬起来把我扶起来，说：“怎么回事，他都成这样了，赶紧回去吧。”随后就离开了。

邓黛把醉醺醺的我搀扶到路边，拦住了一辆出租车，送我回家。她在车上给钟毅打电话，说：“我遇到他了，喝得烂醉，我送他回家，然后回我自己家，你们唱完别等我，回吧。”

到了小区门口，邓黛先下车，从后座上把我拽下车，用力抱着我，喊：“站好！”

“你说站就站吗？我不！”

“立正！”

邓黛从车窗里把车费给付了，我正要瘫坐在地上，她抱住我说：“快到家了，门禁卡呢？”

拿出门禁卡，我已经抑制不住胃中的翻腾，全部吐在了邓黛的胸前。她忍着难闻的味道把我搀扶到家，我顺地躺在客厅，怎样都不肯去卧室。

邓黛到卧室找了我的一件衬衫，自己先去卫生间洗澡，换下全身的衣服。走到客厅把我的衣服扒了个精光，只剩一条短裤。然后把两人的衣服都放进洗衣机后，找来毛巾帮我擦身子，一边擦，一边说：“你这都第几次了？没人照顾的时候都什么样？”

“熊样！”

“都醉成这样还能说话？你也真是够了！”

“服务员！差不多了，买单！”我挥挥手。

邓黛收拾完，找来毯子把我裹成木乃伊的造型，任由我在地上睡着。她坐在沙发上等着衣服自动烘干，打开电视机消磨时间。

“服务员，水！”

“好，老板！”说完，她走向冰箱去倒了一杯牛奶，放进微波炉加热后端过来，抱住我的头说，“老板，喝吧。”

“谢谢！”

邓黛看着时间已经半夜了，换上自己的衣服准备离开时，我说梦话了：“去哪？”

“回家啊！你等你女朋友回来吧。”

“我没女朋友。”

“那就找一个。”

“我在等你出现。”

邓黛惊讶地问：“等我？”

“嗯！”

“我是谁？”

我没有再回答，梦境变了。邓黛等了一会就离开了我家。

经过一年多的努力，集团的销售业绩在行业里名列前茅，邓黛因为高负荷的工作，身体累垮了，在会议室晕倒，被紧急送往医院。

马尚接到通知，放下了手头上的事情，开着车在市区高速行驶。前方是红灯，但他没有看见行驶的车辆，于是加足马力冲过去。车行驶到路中间，迎头出现了我的车，两辆车撞个正着。马尚的车头报废，我的车侧面凹陷。巨大的冲击力使我当场陷入昏迷。

副驾座上的艾妮把我从变形了的驾驶座上拽出来，送往医院。马尚配合交警处理完现场，赶到医院看望邓黛，了解她的病情，确定无大碍后，找到我的病房看看情况。

钟毅正巧在国外出差，给马尚空出了照顾邓黛的机会。马尚每天都尽可能抽出时间到医院陪着邓黛。

“别拿我当小白鼠好吗？”

马尚尴尬的笑着，说：“不好意思，我会改进的，忍忍就过去了。”不会照顾人的他，也开始学着煲汤。

“你撞的那个人怎么样了？”

“身体没事，就是昏迷了两天，已经醒了，在观察。”

41

邓黛在楼下的病房，我在楼上的病房，两人都被安排留院观察两天。马尚在楼上楼下照顾着。我对他说："我没什么事，就不用来了，剩下的事情走保险就行了。"

"呵呵，顺带的事，我朋友也在楼下病房，没事。"

"你朋友怎么了？"

"劳累过度，晕倒了，正在做全面检查。"

马尚没有要离开的意思，我也无聊，两人你一句我一句的聊着。他问我："你车是不是改装过？那么撞都没事，真险！"

"没改装，可能是你的制动比较好，看着速度快，撞上来已经减速了很多。豪车就是好，宁可废了发动机，也尽量保全人命，没毛病。"

马尚说到车就来了劲头，说："我有自己的车厂，有兴趣以后一起玩，咱们这能排上号的，都经常去我那儿。"

"等我好了去看看。"

到了出院的日子，艾妮帮我办好了手续，我拎着包下楼，正好遇到马尚也下楼，他搭着我的肩说："兄弟，大难不死必有后福，你这个兄弟我认了。外面停了一辆车，钥匙给你女朋友了，先开着，回头你车修好了再还我。”

艾妮在楼道里喊我，我回头说：“干什么火急火燎的？”邓黛从我身后走过。

马尚把车门打开，等着邓黛上车。他把车开到我身边打招呼：“嘿，先走一步，回见！”

邓黛低着头看手机，说：“行了，赶紧回公司，我还有事情要处理。”

“晚上去我家吃顿饭吧，我妈要看看你，也算感谢你。”

“我拿你们家工资，替你们家工作，应该的，不客气。”

马尚哀求着，说：“给个面子，一定要去，否则我爸又要说了，这点事情都办不好，还要他亲自出马？”

“下星期再去吧，我现在的状态不好。”

过了一个星期，马尚再次邀请邓黛去他家吃饭，邓黛无奈地答应了，跟着马尚去他家。马妈妈特别开心，支开保姆，亲自下厨做了几个拿手菜。邓黛走进厨房帮忙，马妈妈很客气地说：“别！别！别！快去客厅歇着，我一会儿就好。”

“没关系，我都好了。”

马爸爸凑到厨房门口，说：“听说邓黛做得一手好菜，我老头子也不知道有没有这个口福？”

“董事长说笑了，我那也只能是填饱肚子的手艺。”

“在家就别叫我董事长了，喊叔就成。”

“喊习惯了董事长，改口不容易。”

马妈妈插了一句话：“哈哈，我们家没董事长，我都喊他老头子，你就别见外了，喊叔！”

马尚从后花园进厨房，一手的泥，捧着几个红薯放水池里，说：“看！我奶奶种的，纯天然，有机，施大肥，哈哈，绝对健康无农药。”

马爸爸呵斥道：“你小子多大了？说话能不能注意点！”

“我错了！赶紧吃饭，饿了！”

邓黛问马尚：“奶奶呢？”

“去隔壁打麻将了，一会儿就回来。听说昨天输钱了，今天去赢回来。”

邓黛似乎融入了这个家，很久没有感受这么温暖的家庭氛围，从小到大，父母都很忙，吃饭永远是急匆匆的。

“你可以去看看，奶奶见过你的照片，突然看见你，应该能开心得跳起来。”马尚洗着手说，“就在隔壁，出门左边那栋，你直接去就好。”

“哦！我去看看。”

42

奶奶在马尚叔叔家的花园里低头打着麻将，邓黛悄悄地走到旁边，听着奶奶洪亮的声音：“自摸！糊了！哈哈！”

奶奶余光看着邓黛，抬头仔细看了看，拿下老花镜眯着眼睛看了看，说：“呃！这谁家姑娘，一脸旺夫相，眼熟！”

大家齐刷刷地盯着邓黛看着，没人认识，各自言语着。奶奶突然想起来了，说：“哈哈，对，这不是我家孙媳妇吗？”

邓黛很尴尬地说：“奶奶，回家吃饭了。”

“不打了，不打了！回家吃饭咯！哈哈，姑娘走，回家。”

奶奶身体很好，快步走着，邓黛在旁边跟着，到了餐厅，奶奶大声说：“饭好了没有，饿死了。来，姑娘坐我旁边。”

全家人都坐在餐桌前，马爸爸先说话：“来，先喝一杯，感谢邓黛的光临。傻小子，倒酒！”

马尚给邓黛的酒杯里倒上酒，自己再跟着举杯说：“来，祝大家身体健康，长命百岁！”

马爸爸又责怪马尚：“说什么乱七八糟的？”

“开心！开心的！哈哈，不管了，奶奶你管管我爸，老说我！”

奶奶指着马爸爸说：“你小子在他这个年纪没比他强多少，娶了媳妇才像个样子。”

整个家里没有把邓黛当外人，有说有笑地吃着晚餐。

回家的路上，邓黛对马尚说：“刚刚可能有点误会，我是怕伤了长辈，没有当场拒绝。你自己要明白，咱们还是单纯的朋友关系。好吗？”

马尚沉默了很久，不知道该如何劝说，到了邓黛家门口，说：“你看大家都这么融洽，就给个机会吧，我有什么不好吗？”

“你真的没什么不好，只是少了心动的感觉，我一直把你当哥哥一样，好朋友一样，无法到男朋友的程度。”

邓黛躲开了马尚的拥抱，说：“别越界，你知道我的性格。”

“这样又何苦呢？至少给我一个公平竞争的机会吧？”

邓黛转身走进家门，留下马尚在车旁孤独的身影。

上车离开邓黛家，马尚拨通了我的电话："嘿，干嘛呢？喝酒去？"

"你是不是打错电话了？我才从医院回家几天，你让我去喝酒？搞没搞错？"

"哎，兄弟心里苦，又不知道找谁说，你是唯一一个我敢说心里话的人。"

我躺在家里的沙发上，喝着艾妮熬的汤，实在不想动弹，对马尚说："这样吧，先说个大概，我电话帮你治疗一下，过两天跟你约，不醉不归。"

"我追一个女人，追的好辛苦，我喜欢她，她也喜欢我，我却怎么样都没办法再进一步发展，你说怎么办？"

"求婚啊，磨叽！"

"就这么简单？"

"对啊，简单粗暴的好。"

马尚似乎醍醐灌顶，开心地说："兄弟果然生猛，我和她彼此已经非常了解了，求婚！人间正道。"

"你好了吗？早点休息吧，回头咱们好好筹划求婚的事情。"

"好！等你出山。"

43

随着适婚年龄的到来，家里着急邓黛的婚事，邓妈妈打电话告诉邓黛一起在外面吃饭。这已经不知道是第几次了，每次都是各种理由的相亲。邓黛为了不让家里过于担心，只能每次都去应付。

相亲的套路都已经驾轻就熟，双方寒暄，聊家常，聊工作，聊未来规划，聊兴趣爱好，最后都是以看电影收场，吃夜宵结束。

邓黛对四眼博士说：“你说人为什么要相亲？”

四眼博士若有所思地扶了一下眼镜，说：“没有机会认识更多异性吧，我身边全是同性。”

“你认为相亲能找到真爱吗？”

“应该可以吧？只是认识的途径不同，有人通过介绍，有人通过艳遇，有人通过社交，本质上都是相亲。”

“哦！”邓黛感觉到再往下聊就会被上课，话题换成：“你喜欢我吗？”

“说实话，你不是我喜欢的类型，但不讨厌，相处看看吧。”

“谢谢你的坦诚，我是应付家里才来的。”邓黛每次相亲都这样结尾，抵抗着家里的安排。每次相亲结束后也会与邓妈妈冷战几天，换取难得的安宁。

马尚把我的车拿去了半个月，改装完了打电话让我去取车。从车外形上看不出任何变化，启动后才感受到澎湃的动力，我说：“这要多少钱？”

“咱哥俩还谈什么钱，不谈钱了。你帮我想想怎么搞定女人。”

坐在车厂的吧台前，琳琅满目的各种酒，他调着，我喝着。我问：“她是什么样的女人？”

马尚不假思索地说：“大方、得体、能力出众、漂亮、很坚持，明白自己。”

“这种女人似乎什么都不缺，怎么拿下？”

“问你呢！”

我头有点疼，让他弄了杯热水喝，继续说：“除了一直求婚，求到她心软，别无他法。”

他将信将疑地问我：“不会让她反感吗？”

“既然这么久都没有绝交，应该不会特别反感，她心里还是有你的，只是有个更让她喜欢的人在心里。你慢慢侵占那个男人的位置就好。”

马尚选了一个好日子，通知了朋友们，都携家带口赴约，见证他对邓黛的求婚。餐厅布置得很温馨，是我建议在室内的。他原本想要在室外，我认为室外噪音大，不聚气。

邓黛周末在家休息了一整天，马尚提前两天就约过有一个聚会要一起参加，所以换好衣服，化好妆，准时到了餐厅。

来的人很多，都是马尚的好朋友，当邓黛看见自己的座位时，她已经想到马尚可能会求婚。

邓黛看着远远坐在对面的马尚，心里在说："你能别这么作吗？幼稚。"又碍于情面，没有当场让大家下不来台。

我和艾妮最后到场，坐在靠近马尚的位置上，不小心打翻了杯子，艾妮拿餐巾帮我擦着。马尚起身，一边说着话，一边向邓黛走过去，单膝跪地准备求婚。邓黛看着我，等待我的反应，她在想："如果你现在带着我走，我一定不顾一切。"

我很惊讶自己兄弟喜欢的女人居然是梦中无数次出现的那个她，在众目睽睽之下，有别的男人向她求婚。邓黛无助地看着我，我却没有任何反应，她由着急变成失望，转身离开了餐厅。马尚没敢继续追，他怕继续纠缠会有更多伤害，也不想彼此更难堪。

邓黛躲在车里嚎啕大哭，不知道如何面对自己的青春，更确切地说，是逝去的青春。她不想回家让父母担心，于是拨通了钟毅的电话，说："我们结婚吧！"

钟毅正在开车，把车开到路边停下来，问："出什么事了？你在哪儿？"

"他有人了，他没等我，他没出现在我的世界就消失了，我不相信还有爱。”

钟毅很担心地说：“听话，先回家，我去你家找你，好吗？一会聊。”挂完电话，他就立刻赶到了邓黛家。开门的是邓妈妈，他已经忘了问候，直接就问：“阿姨，邓黛回家了吗？”

邓妈妈回答：“刚上楼，怎么了？”

钟毅来不及向邓妈妈解释，急匆匆地跑上楼，看着邓黛哭成了泪人，心疼地上前抱着，说：“没事的，也许是误会，真相有时不是你看见的那样。”

“你不要替他解释了，你不了解。”

“黛，听我说，早就让你直接找他撕破这层纱，你非要等他主动，这里面的不确定性太多了，你何苦这么为难彼此。”

“别说了，我不想听，咱们结婚吧！”

“冷静！”
“我很冷静，我不再相信缘分，更不信真爱。”

44

钟毅在邓黛的房间待了一晚，邓妈妈也没多问，因为之前就觉得这小伙子挺好，是邓黛自己说只是普通朋友。

保姆把早餐做好了，邓黛和钟毅才下楼。早已在餐厅的邓爸爸和邓妈妈，看着他们俩走进餐厅，邓黛先开口：“爸、妈，我要和钟毅结婚！”

邓爸爸看着钟毅，说：“小钟，来，先吃早餐。”

邓黛看着父母没支持，也没有反对，一时也不知道如何继续说。邓妈妈盛了两碗粥，说：“你们想清楚了就好，我和你爸没什么意见，我们很早就喜欢钟毅这小伙子，是你自己支支吾吾兜这么大一个圈儿，先吃。”

“叔叔阿姨……”钟毅的话说了一半，就被邓爸爸打断：“改天约小钟父母一起聊聊这事，只要你们好好的，剩下的事情就不用操心了。”

吃完早餐，两人各自上班去了。邓黛像平常一样去公司上班，马尚也没有发现任何异常，前一晚的求婚事件像没有发生过一样。

日子一天天按部就班地过着，婚礼也静悄悄地准备着，直到婚礼当天，邓黛也没有透露消息给马尚及其相熟的人。

邓黛佯装着幸福，举办了婚礼。父母们的心事已了，邓黛的心也死了。让她绝望的是婚礼前她去过我家，在家门口看见艾妮挽着我的手，看似我俩幸福地过着日子。

举办完婚礼，邓黛辞职了，和钟毅移居大理，开了一间客栈。她想离开这个让她伤心的城市，重新开始自己的生活。

在机场候机厅里，钟毅问邓黛：“真的想明白了吗？要不要找他问问情况？万一是误会呢？”

“如果是误会，这也是命，命中注定有这些，所以随缘吧。如果还能遇到再说，不刻意。”

登机后，飞机迟迟没有起飞，望着机舱外的蓝天白云，邓黛问钟毅：“机长说由于天气原因不能起飞，他是不是瞎啊？”

钟毅笑着说：“可能是那边天气不好，或者机长失恋了，不想起飞，哈哈，等着吧。”

落地后正好是傍晚，大理的天空夕阳很美，高原的空气带着独有的味道，邓黛站在舱门前深呼吸，对钟毅说：“好奇怪，我有预感在这里也会有他。”

“你变态！找自虐，神精病！快下去，接驳车要满了。”

客栈在邓黛来之前就打理好了，钟毅为此跑了很多趟。他选了一个能看到海的房间，作为邓黛的卧室，钟毅知道，她迟早要回去，来这个地方只是散心而已。

“你收拾收拾，待会儿带你去吃好吃的，如果需要艳遇，应有尽有。”钟毅调侃着，在前台坐下。

邓黛收拾完下楼，和钟毅出门闲逛。他们走街串巷，发现很多有趣的人和东西，邓黛忘了还有烦恼。钟毅提醒：“今天可以喝醉，有我在就可以。其他时间不允许！”

说着喝醉的事，又让邓黛回忆起那些我喝醉时的景象，她对钟毅说：“你知道吗？我几乎每次都是在他醉得不省人事的时候出现在他的世界里，不知道他有没有发现过有我的存在。”

“人有能量场，只要存在过，他一定会感知到，或者是产生一瞬间的熟悉感，或者是梦境里的再现。”

到了吃饭的小店，钟毅点了几个特色菜。邓黛涮着碗筷，说：“你说会不会是老天故意安排得这么曲折？我感觉还会和他有故事。”

钟毅摇摇头，看着墙上的挂画说：“让我说什么好，你真的是在自虐，你想靠天意活着，也成，那就继续等吧。”

吃完饭，太阳早早地落下了，空气里一阵一阵的凉意，钟毅看着邓黛摩擦着胳膊，走近了抱着她说：“刚刚忘了提醒你温差大，出门要带一件外套。”

邓黛蜷缩在钟毅的怀里往前走着，似笑非笑着，说：“如果你是他，会怎么样？每次都是我抱着他，他像一滩烂泥一样趴我肩上。”

“你这是在怀春吗？离开了那个有他的城市，开始想念了。”

“他的体温一直很高，比你高，抱一会儿就能出汗。”邓黛说着，往一个小酒吧走去。

两人走进酒吧，里面驻唱歌手在调音，没精打采地唱着不着调的民谣歌曲。邓黛对一面照片墙感兴趣，对钟毅说：“如果能在遥远的这个地方，在这么一堆留影当中，还能碰巧看见他，你说这代表什么？”

“行了，看看有吗？找！”

废了半天力气，邓黛一张一张地翻看着所有照片，结果一张也没有发现。钟毅嘲笑着，说：“如果有，我就把照片吃了！”

“等着吃吧，哪天冒出来再告诉你。”

45

他们每天打理客栈的时间并不多，大部分时间是在伺候院子里的花花草草。隔壁家的小孩，姓左名思经常来串门，邓黛很喜欢她。

柚子树上挂满了金黄色的柚子，钟毅摘了一个放在石桌上，说：“今年天气好，一定很甜。”

邓黛坐在竹椅上给小女孩扎辫子，问：“思思喜欢吃柚子吗？”

左思摇摇小脑袋，不喜欢吃。钟毅仍然破开了柚子皮，撕开一瓣送到邓黛嘴里，问：“好吃吧？”

“我想生一个孩子！”邓黛突然停下了手里的活儿。

钟毅嘴里含着柚子，惊讶地问：“啊？跟谁？我？”

“不管，反正有自己的就行。”

“你可要好好想明白，不能胡来，这是生命，生出来了就要负责，后面的事情有很多是你一个人处理不了的！”

邓黛抱着左思在怀里，问：“做我女儿好不好？”

“好！”

“喊妈妈！”

“妈妈！”

邓黛和左思的父母商量后，正式成为了左思的干妈，她每天就像对待亲生女儿一样，也享受着左思无数次：“妈妈！妈妈！”的亲切呼唤。

邓黛一手拎着篮子，一手牵着左思，上街买菜。村子里没有专门的菜场，卖菜的小贩都是在小路旁边摆摊设点。农民自家种的菜，新鲜干净。

左思爸爸骑车路过，看见左思就问：“跟爸爸先回家吧，外婆来了。”

“不嘛，妈妈在买菜。”左思摇摇头。

邓黛说：“没事，我已经买好了，马上带她回去，你先回。”

“你看你还拎着东西，思思先跟我回去。”说完，左思就被爸爸抱上车，先回家了。

回去的路上，三三两两的游客，时不时地驻足拍照。对于城市里生活的人们，山里的风景和乡村生活具有独特的吸引力。钟毅偶尔也充当导游，带着房客四处逛逛，刚结束就碰到邓黛，两人一起回客栈。

一群拖着大包小包的男人，嬉闹着走进一家客栈，邓黛从他们身后走过，被马尚看见了，便随着邓黛和钟毅的背影跟过去，知道了她的客栈在哪，回来告诉了我她结婚了的事实。

我安顿好后，来到邓黛的客栈门口，看见她正在教一个小孩写字，这时小孩把笔放下了，说：“妈妈，我要粑粑。”

晚上和马尚他们一起去了酒吧，大家借酒消愁，愁自然更愁了。也许只有生活不如意的人，才会跑到遥远的酒吧来耍酒疯。不知为何，我们一群人和另一群人打起来了，把酒吧砸得一团糟，所有人都被带去派出所。

深夜的凉风很快把我们的酒劲吹散。我这个地方只认识邓黛，也就只能告诉民警通知邓黛来捞我们。等到第二天办完手续，大家灰溜溜地往客栈走，邓黛看着我们狼狈的样子，又气又笑，心里想：“果然还是遇见了。”

邓黛回到客栈对钟毅说：“你准备好吃照片吧？”

“什么？”钟毅丈二和尚摸不着头脑。

“他们真的来了，你说巧不巧？”

“真的？你这次别忍了，大胆地追求自己的幸福吧！”

“我不！我倒是要看看缘分是怎么往下走的，我有预感，哈哈，好奇怪的。”

接下来的几天里，邓黛每天都可以看见我们一群人路过她的客栈。她搬着椅子坐在门前空地上和邻居聊天，左思围绕在她身边喊着“妈妈，妈妈！”，一副享受天伦之乐的景象。

钟毅碰见马尚在一家小店选银饰，打招呼说：“嘿，你怎么在这？”

马尚站起来，说：“真巧！”

“走，去我客栈坐坐。”

“去过，每天都经过，都只是看见邓黛。你和她结婚了？”

“对，已经很久了。”

马尚确认了邓黛已婚的事情，心情沮丧到了极点，他不知道要继续和钟毅聊什么，借口说：“几个哥们还在等我集合去下一个地方，回头去你那儿喝茶。”

46

随着旅游淡季的来临，客栈的人越来越少，生意自然也不怎么样。钟毅准备关门歇业，他对邓黛说："咱们回家看看吧，反正最近没生意。"

邓黛放下手中的开心果，把钟毅推到一边，说："挡住我的电视剧了！想回就回吧，收拾收拾。"

临行前，邓黛把客栈托付给了左思爸妈，特意叮嘱院子里的花花草草要定时打理一下。她抱着左思亲了又亲，依依不舍地坐上去机场的出租车。

回到家，放下行李，邓黛就出门了。到了我家小区门口，因为没有门禁卡，被保安拦在了外面，正巧艾妮从超市购物回去，停下脚步，问："你是不是那个谁？"

邓黛回忆起马尚求婚时的情景，对艾妮的印象很深，回答："对，我就是……"

"邓黛？"

"嗯！"

艾妮找出了门禁卡，说完就刷卡进小区了，邓黛跟在后面一起走着。

她们一前一后走在小区的花园中，艾妮问："你是来找安星，还是碰巧？我有很多话找你说呢，有空吗？"

“想说什么？”

“你大概不知道，安星有多喜欢你，梦里全是你，他痛苦得很，我也不知道怎么帮他。这么下去，他早晚会变成神经病。”艾妮停下脚步坐在路边的藤椅上。

邓黛在旁边坐下，问：“怎么了？”

“安星出过一次事故，脑袋受损，梦里经常出现你，刚开始我以为只是梦，后来你却从梦里走出来，我不知道怎么解释这个现象。我能感觉到他特别喜欢你，不管我怎么努力，也无法替代你在他心中的位置。”

邓黛不太相信自己的耳朵，惊讶地问：“不会吧？你们不是在一起了吗？”

“哪有！我们只是同住一个屋檐下，并没发生什么。假扮他的女友，是因为工作任务需要，他卷入过一个案子，有生命危险。”

“哦！原来是这样。”

艾妮从购物袋中拿出果汁给邓黛喝，拍拍衣角上的灰尘说：“他知道你结婚了，特别伤心……”

“我没结婚，那是做给大家看的。只是我对感情绝望了，家里又催，没有办法，只好找了个朋友，他是同性恋，和我假结婚。大家各取所需。”

艾妮听到这个消息，心情非常复杂，对邓黛说：“这事对于安星来说是个天大的好消息，对于我，却是坏消息。”

“怎么了？”

“我问你，你怎么看待安星？”

邓黛表情凝重地说：“我其实在小时候就认识他，这些年机缘巧合，他一直在我的身边，却没发现我。”

“你是说，你一直出现在安星的世界里？你喜欢他吗？”

邓黛点点头，艾妮明白了，沉默了一会。邓黛说：“我不知道他也喜欢我，我不知道怎样才能走近他，总感觉缺少点什么。”

“你缺少勇敢，勇敢地出现在他面前。”

“也许吧。”

艾妮拎着购物袋，说：“走，回家坐会儿。”邓黛跟着起身，向熟悉的方向走去。

“我其实来过很多次，都是莫名其妙地在他喝醉的时候碰见他，把他送回家，然后我悄悄离开，没有留下任何痕迹。”

“你这么做是为什么？”

“我不知道。”

走进家门，邓黛把鞋子摆好，鞋头朝门外。艾妮把东西都整理好了放进冰箱，倒了一杯水给邓黛。两人坐在沙发上对视着。邓黛有点被看的不好意思，问：“干嘛这么看我？脸上有东西吗？”

“没，我就是感觉莫名的亲切，你不觉得吗？”

“嗯，我第一眼就觉得，没在意，你说了才觉得，呵呵。”

“你想过和安星在一起会怎么样吗？”艾妮把话题又拉回到刚刚在花园里的对话。

“有。梦里经常有，像真的一样。”

“幸福吗？”

“嗯！”

47

钟毅的父亲生病住院，邓黛一直在医院照顾，实在无法脱身回客栈。钟毅已经接替了父亲的工作，只好将客栈转让给别人经营。

同学聚会上，钟毅姗姗来迟，高远坐在他旁边，端着酒杯，说：“听说兄弟接班了，怎么样了？有没有小弟我能效力的？”

“哪有，等我家老头康复了，还是要还回去，我才懒得接呢。”

“那你做什么去？有什么发财的项目？带着我点。”

钟毅被别的同学拉去敬酒，留给高远一句话：“回头单聊！”

你来我往，敬酒的，吹牛的，套近乎的，聚会上的众生相显露无疑。钟毅想走出宴会厅透透气，碰到高远接完电话从卫生间出来，两人勾肩搭背地走出去，在大堂休息区坐下，点了两杯茶，聊了起来。

“最近累啊，做什么都不顺利。”高远抱怨着，说，“想改行试试。”

“我想做红酒，在欧洲有渠道，你要不一起试试？”

“哈哈，好呀，这个简单，一进一出就搞定。”

钟毅回家后，对邓黛说：“突然和 EMBA 的同学聊起了，咱们可以开一家红酒公司，怎么样？”

“随便啊，你弄？”

“我跟同学合股，你去管，可以吗？”

邓黛正在做瑜伽，结束一个动作后，才说：“干嘛要我去？你自己管就好。”

“我爸的公司还要管，等他好了我再去和你一起经营，反正你也没想好接下来要干什么，先答应我吧。”

“好吧！”

“改天我约同学，见面商量一下，尽快落实吧。”

高远坐在公司楼下的咖啡店等钟毅，接到打来的电话，钟毅说：“路上有点堵，晚几分钟到。”

“没事，不急，慢点开！”高远挂断电话，看见我从橱窗前走过去，敲着玻璃喊住我，让我进咖啡店。

我绕道大门，坐在高远对面的椅子上，问：“干嘛？我去公司看看，有个项目要安排他们干活。”

“我约了朋友谈新公司的事情，一会儿一起坐下来聊聊？”

“你们聊吧，我等结果不就好了，我先上去开个小会。”

我走出门没过一会儿，钟毅带着邓黛走进咖啡店，找到高远的位置。钟毅介绍：“这是我同学高远。这是邓黛，我太太。”

“嫂子好！真漂亮，名字好像在哪听过，人又好像在哪见过，脸熟。”高远拍着脑袋试图回忆，说，“等我好好想想。你们喝什么？”

邓黛要了一杯苏打水，钟毅点了一杯拿铁，看了看咖啡店里其他人，说："这个店的设计不错，很有感觉。"

"我合伙人设计的，我们施工的，花了不少心思。"

公司筹建的细节都商量清楚了，钟毅看看手表，说："差不多到时间了，一会还有事情。"

高远起身跟他们一起离开了咖啡店，走到钟毅的车旁，突然想起来邓黛的名字，问："嫂子，我想起在哪见过你了。"

邓黛绕过车头，坐进副驾座位上，假装没有听清楚高远的话。钟毅挥了挥手，说："回去吧。"

车开出停车场，钟毅问邓黛："刚刚听到了吗？"

"听到了，不想回答，很多年前见过，还有安星。"

48

经过半年时间，邓黛把新公司经营得红红火火。她参加完一个会议后，回到公司，高远就把她叫到办公室谈事情。

高远看见我走进办公室，示意我稍等一下。当邓黛转身看到我时，意外的惊喜悄然化作了灿烂的笑容，心中在说："来了？就知道你迟早会出现。"

他们俩谈完事情，高远一阵很客套的介绍，邓黛习惯性地打招呼，闲聊着。然后，她带着我参观了公司，顺便一起吃晚餐。

晚餐后，我们各自开车回家，邓黛在路上就迫不及待地拨通了钟毅的电话，说：“我们离婚吧！”

“怎么了？受什么刺激了？”

“我遇到他了，我觉得这种感觉刚刚好，我要勇敢向前迈一步，不等了。”

钟毅为邓黛即将开始的感情感到高兴，说：“祝福你，终于等来了这一刻。”

甄美接到邓黛的通知，激动得直接赶到她家，两人躺在一张床上聊着天。邓妈妈上楼看见房间灯还亮着，敲了两下门，说：“都几点了？赶紧睡觉。”

邓黛把灯关了，窗外的月光映入卧室，正好落在被子上。甄美问：“是他主动的吗？”

“谁也没主动，谁也没拒绝。”

甄美不解地问：“那这算什么事？”

“没关系，我已经知道了他心里有我。只是他还不知道我心里早就有他。找机会告诉他就是了！”一颗流星从窗外的天空划过，邓黛急忙双手合十，许了一个小愿望。

“你们这种狗血剧情，我实在是搞不明白，你就不怕他被别人抢走了？这个社会诱惑太多了。”

邓黛自信地说：“命里有他，他是跑不了的。反正我相信他肯定是我的。”

甄美摸了摸邓黛的胸，说：“哈哈，小妞？浪里个浪！”

邓黛每天偷偷关注着我的朋友圈动态，感受着我的喜怒哀乐。她不爱评论，也不爱点赞，偶尔会私信说几句，说几句看似客套又富含深意的话，“你在吗？”“睡了吗？”“没事！你忙吧！”。

很长一段时间我们都没有再次见面，偶尔在朋友圈看到彼此的照片，依然感觉到莫名的幸福。我正在书房写作，手机弹出一条信息：“你现在是一个人吗？”

我回复：“难道我现在变成一头猪了？”

邓黛回复了一个微笑的表情，我等了半天才收到一条新信息：“臭贫！我刚刚洗澡去了，你忙完早点睡吧。”

“哦，晚安！”我回复完继续工作，直到深夜，我给邓黛发了一条信息：“我猜你没睡着，在装睡！”

过了三秒，我收到信息：“哈哈，你怎么知道？”

“因为我觉得你会想我想得睡不着觉，因为我就这样。”

“你是说你想我了吗？”

“嗯！”

我和邓黛一直聊到凌晨四点，都没有要睡觉的意思，她发来信息：“好了，睡吧，一大早还要上班。”

“我有点怕，担心闭上眼睛，这就成为一场梦，你不知道是什么感受。”

“我当然知道！不会消失的，好好的吧。想你！”

我回复了一个“吻”的表情，不知不觉睡着了。醒来的时候，阳光明媚的一天开始了。第一件事情就是打开手机，看看未读信息：

“上班班了！”

“记得吃早餐！”

“还没起床啊，懒虫！”

“你是早饭中饭一起吃吧？”

我回复了一条信息："起床了，别想我，好好忙吧。"

邓黛秒速回复了信息："才起床呀？我在忙，晚点说。"

49

邓黛下班后，去超市买菜，准备练练厨艺，学做几个新菜。推着购物车走到超市的生鲜区，看见艾妮挽着我的手，在挑选东西，立刻表现得很生气。她没想到艾妮离开了又重新出现，并表现得过分亲密。三个人很尴尬地说了几句话，邓黛离开了超市。

回家的路上，邓黛一边哭着，一边和甄美通话："也许是我看错了，他一脚踏两船，和那个女人纠缠不清。我总觉得他们哪里不对劲。"

"你有听他解释吗？还是误会什么的？"

"甄美，你不明白那种情景，看着自己喜欢的男人抱着别的女人！"

甄美安慰她，说："我明白！我去找那个挨千刀的算账！怎么能这么对我最好的姐妹。"

我给邓黛打电话，她没接，只好发信息："这真是个误会，相信我，等你平静了，我再解释吧，好吗？"

一直等到第二天早晨，邓黛才回信息："没事了，你忙吧。"

去客户公司拜访完，邓黛开车回自己公司。外面下着小雨，整个城市都是雾蒙蒙的。到了公司楼下，邓黛看见我正在不远处停车，她的心情突然好起来，停好车却没有熄火，坐在车内，看着我走远。

邓黛坐在车里，一直盯着手机看，等待着我上楼后找不到她，一定会发信息问她在哪。时间一秒一秒地过去，手机静悄悄的，没有任何信息通知，十几分钟后，她走出了车子，回到办公室。

远远地看见我在高远办公室聊天，邓黛不声不响地从过道走过去，回到自己办公室。她安排了工作给同事，然后坐在写字台前看着文件，等着我出现。她已经准备好了不给我好脸色，虽然相信我可以解释明白，但女人这时候的心情很难平复。

过了一会儿，我走进了邓黛的办公室，她按心中早已准备好的台词呛我。按照甄美的建议，邓黛这次一定不会轻易放过我，一直到吃饭的时候，看我实在难堪了，才作罢，恢复了正常的谈话。

吃完饭，各自散去，甄美打电话给邓黛，问：“怎么样了？”

“还能怎么样？”邓黛笑着说，“原谅他了呗。”

甄美追问：“那现在是什么情况？”

“没什么情况啊，就这样。”

“不行，这事听我的，加把火，你来找我，我教你！”

甄美约了邓黛在常去的酒吧见面，到了酒吧，除了喝酒，就是有一搭没一搭的闲聊，似乎忘了还有加把火的事情。邓黛喝了不少，准备要回家，被甄美拉住了，说："你再喝点，让他来接，这事就算成了。"

"不好吧？"邓黛侧着身子说。

"有什么不好，你们两个真是够够的，拿手机过来！"说完，甄美抢着邓黛的手机，又被抢回去。

"我自己来！"邓黛拿着手机，迟疑了一会，在我的动态下点了一个赞。

当时我正想找她，拨通了电话，她告诉了我在哪喝酒，让我去接她。两人见面后，和她的朋友一阵寒暄客套，坐了一会就离开了酒吧。她迷迷糊糊在车上睡着了，我经过了小小的思想斗争，把她带回家。

第二天早晨，邓黛在我家的客房醒来，看见熟悉而又陌生的地方，心里却很踏实。她找了一件我的衬衫换上，然后到厨房去做早餐，给甄美发信息："哈，昨晚我在他家过夜的。"

甄美只回复了两个字："哈哈！"加了一个调戏的表情。

"不是你想的那样，啥也没发生。"

"我懂！别解释。"

邓黛回头看着我从餐厅走过来，放下手机继续煎蛋。这样熟悉的对话，熟悉的动作，一切都像早已习惯。我们一起吃完早餐，各忙各的。

邓妈妈打电话问邓黛："昨晚怎么没回家？刚刚才发现你不在房间。"

"哦，我在别人家。"

"谁家？"

"一个朋友，男的！"

邓妈妈吃惊地问："男朋友？你确定了？那带回来看看。"

"哦！晚上带回去。"说完，邓黛就跟我说了这事，晚上一起去她家吃饭。

50

见完邓黛的父母，我和邓黛悬着的心总算安定了下来，日子平静而又温馨地过着。艾妮已经有段时间没有音讯了，再次看见她，是在大街上，她在执行任务，我远远地给她做了一个打电话的手势，她点点头就走开了。

在外面吃完晚餐回到家，刚脱完衣服准备洗澡，来了一个陌生电话，很着急地问："你好，你是艾妮的家属吗？"

"怎么了？"

“她正在医院抢救……”

“是吗？那就救吧，别找我要钱。”我想着这应该是个骗子电话，艾妮真有生命危险，第一个通知的应该是她的父母，所以挂断了电话。

三秒后，电话又响了，我接通就说：“还没完了是吗？骗子！”

“不好意思，您可能是误会了，我是艾妮的同事。她留的紧急联系人是你的号码，可以马上来医院一趟吗？我把地址发给你。”

既然电话里没有开口要钱，让我直接去医院，不像是骗子，我也就按照对方给的地址去看看了。

我到了医院急救中心，并没有看见艾妮的人影，心中又开始怀疑这是个骗局，傻傻地站在急救室门口等着，看看最新的骗局是什么样，也好积累一点写作素材。

一个穿西装的男人站在我旁边，像是刚打过架，袖子和背上的线都扯开了，衣领还沾了一点血迹。他没说话，也没走开，时不时地看看我，大概是不知道怎么开口说话，尴尬地陪我站着。

我站累了就坐下，坐累了就站起来，不知道过了多长时间，几个看似像领导的中年男人走过来，身上的警服像是真的，我什么都没说，看看他们要演什么戏。

“你好，我是艾妮的领导，姓何，请问您是她什么人？”

我反问道："你们不知道我是她什么人，还给我打电话？一查不就都知道了。"

"您的情绪我可以理解，医院正在全力抢救，有什么需要可以直接跟小林说，他会尽量配合。"领导指着刚刚那位穿西装的男人说，然后拍了拍我的胳膊。

"谁能告诉我，发生了什么？"

那个小林缓了缓情绪，说："我们在执行任务，遇到突发情况，她被炸伤，伤情还不清楚，正在抢救，咱们等医生出来会有初步的情况说明。"

我一直不相信这些是真的，所以对话很平静，接着问："伤哪了？"

"头部和腿，情况突然，没来得及观察，直接送到医院来了，等医生出来问问。"

一群人站在急救室门口等着手术完成，没有人跟我提医药费，我慢慢感觉到这事情可能是真的，开始心烦意乱，在过道上来回踱步。

医生侧身走出急救室，问："请问你们谁是家属？"

我向前走了一步，站在医生面前，她拿着一个小塑料袋，说："手术顺利，但要观察几天，现在转重症监护室，这是她身上唯一的贵重物品，拿着吧，在这儿签个字，一会到办公室说明具体情况。"

我看着袋子里的观音吊坠，顿时感觉天旋地转，瘫坐在地上。这个观音是我小时候佩戴着的，妈妈听别人说我十四岁有生死劫，特意去庙里求的附身符。观音的胸前有一个小红点，像一颗红心。天然的东西被复制的概率极低，我确定这个吊坠就是我的。

艾妮两天后苏醒，对我说的第一句话却是问："你是谁？"

"你不会吧？玩儿呢？不闹了好吗？"我很无奈地看着木乃伊似的她。

"我不认识你，出去！"艾妮挣扎着抬起绷着纱布的手指着我。

我掏出观音吊坠，问："记得这个吗？"

"还我！这是我的！"艾妮激动的哭喊着，完全不像之前的她，像是换了一个人一样。医生说过脑震荡会有后遗症的可能性，看这种情况，不像是装作不认识我。

我每天去医院看护艾妮，她的抵触情绪缓和了很多，由刚开始拒绝看见我，到后来默许我在病房里待着，再到后来跟我聊她看的电视剧情节，但就是想不起来我是谁。

我一边削着梨子，一边问她："你是记不起我呢，还是所有的都记不起来？"

"近几年的事情全忘了，之前的都还在脑子里。"

我很好奇地问：“那你知道观音的来历吗？”

她忧伤地看着窗外，透过阳光看着吊坠，说：“这个观音是我小时候捡到的，对我的意义特别重大！”

“你知道吗？这个观音是我小时候戴的。”

艾妮死死地盯着我看，眼泪哗哗地流着，把我吓得也不知道如何是好，抽出面纸给她擦眼泪，问她：“怎么了？想起我是谁了吗？”

“嗯！我想起了小时候的你。”

51

艾妮回忆起小时候的事情，她和家人出门，突发一场大火，混乱中被十四岁的我救了。当时因为紧张，她不小心把我脖子上的观音玉坠拽下来了，紧紧地握在了手心里。虽然当时她没有受伤，但因为混乱，她被挤落到了河边的船上晕过去了，醒来时已经在很远的码头。她想下船找妈妈，又担心离开船了无法被妈妈找到，再次上船后又上错了另一条船，跟随船去了另一个遥远的城市。因为时间久远，她的年纪又尚小，细节模糊了。后来，她最后被养父母收养。中学时，又阴差阳错地随着养父母移居回到这座城市。

艾妮的养父母没有隐瞒实情，虽然是收养，但对其视如己出，呵护备至，也告送她长大后有机会还是要找找亲人。唯一的线索是那个观音吊坠，还有她记得自己的名字叫“妮妮”。

住院一段时间，能够下床了，艾妮就嚷嚷着要出院，我问她：“你这还绑着绷带，回哪门子家啊？”

“对啊，我爸看见还不担心死啊？回你家，就这么定了。”

办完出院手续，回到家，为了避免新的误会，我给邓黛打电话说：“艾妮出院，担心家人看见情况不太好，所以暂住我家几天，给你报备一下，避免误会，请批示！”

“我不同意能成吗？”

“不可能啊，你这么美丽大方、贤良淑德，应该会通情达理的，对吧？”

“我心没你想的那么大，现在忙着呢，回头再说吧。”邓黛好像生气了的样子，挂断了电话。

艾妮躺在沙发上看电视，听到敲门声就喊我：“安星，有人敲门。”我正在厨房做菜，空不出手，回答：“你动动啊！”

邓黛知道密码，自己开门进来了，拎着刚从超市买的两大袋东西，放到餐桌上，说：“没听到敲门声吗？”

“不好意思，我是一只蘑菇，行动缓慢，没来得及。”艾妮看见邓黛进门，站了起来，蹒跚着走到餐厅和邓黛打招呼。

“行了行了，你去躺着吧，别动了。在家就别带着口罩了。”邓黛一边收拾东西，一边跟艾妮说话。

“不行，吓人，脸上缝了八针，看着自己都害怕。”艾妮没回到沙发上，坐在餐厅说话。

“没关系的，现在除疤技术已经非常先进了，等你好了，我带你到一个朋友的医疗美容院去把疤痕处理掉。来，我看看。”

我从厨房走出来，看着她们聊得很投机，悄悄地在邓黛背后说：“谢谢啊！”她没回应，当没听见我说话，背着脸指了指厨房，示意我去忙自己的。

从她们见面一直到吃完晚餐，我竟然没有插上嘴，她们吧啦吧啦说了一晚上，像是亲姐妹一样，有说不完的话。我没明白她们都怎么了，也没好意思问怎么就自来熟了。看着邓黛搀扶着艾妮起身，我自己回到了书房写文章。

邓黛端了一杯我爱喝的橙汁走进书房，把门合上了，说：“告诉你个秘密，我刚刚帮她洗澡，发现她有个胎记。”

我低头敲击着键盘，回答：“废话，谁还没个胎记呀，我也有。”

“胸上！”邓黛很惊喜地拍着我的头说。

“我胸上也有！你要看看吗？”

“我妈说了，我姐胸前有个心形的红色胎记。位置、形状、大小、颜色，一模一样，会不会太巧合？她是她妈亲生的吗？”

我摸着头，站了起来，说：“不会这么巧吧？她跟我说过她的身世，小时候确实是走失了。”

“那我现在就给我妈打电话去。”邓黛高兴地抱了我一下，又蹦又跳地离开书房去餐厅拿手机打电话。

没过一会儿，邓黛父母就急匆匆地来到了我家，都着急确认艾妮的身世，穿着的睡衣都没来得及换下，就赶过来了。艾妮对于突如其来的见面，根本就没有心理准备，也不知道发生了什么，她不知道胎记的事情，也不清楚邓黛悄悄把父母喊来。

大家走进艾妮的房间，都激动得说不出话。艾妮靠在床头看着邓妈妈，说：“阿姨，不好意思，我腿脚不太方便……”

“没事没事，你躺着。”邓妈妈坐在床边情不自禁地握着艾妮的手，颤抖着说，“妮妮？妮妮！”说着就把艾妮的口罩摘了下来，当看见她脸上的疤痕，邓妈妈抱着她痛哭着：“孩子，你怎么伤成这样……”

“先别忙着哭，你看把孩子吓的，先确认一下。”邓爸爸抚摸着邓妈妈的背，安慰着，“你先聊着，我和小安出去，一会喊我们。”说完，我就被邓爸爸拉着离开房间了。

邓黛对还在稀里糊涂中的艾妮解释道：“我刚刚给你搓背的时候无意

间看见你胸前有个心形胎记，和我走失的姐姐一样，所以让我爸妈来看看，别害怕。”

艾妮听完，激动地说：“真的啊？真的吗？你确定吗？”

邓妈妈缓了缓情绪，擦了擦眼泪，对艾妮说：“你小时候一直喊‘妮妮’，你小时候小腿肚子上有热锅沿烫伤的痕迹。胸前有红心胎记，屁股上也有一个。吃桃子过敏，一到季节，手掌交替掉皮。”

艾妮一边听着一个劲地点头，一边流着热泪，母女三人哭成了一团。邓爸爸听见哭声，焦急地敲门，问：“好了没有，可以进来吗？”

“可以！是咱的女儿，快进来吧。”邓妈妈没舍得松开艾妮，抱着她朝门外喊。

邓爸爸的表情很复杂，像是在笑，又好像要哭起来，强忍着心情，问：“看了胎记吗？”

“没啊，都高兴忘了，不用看了，其他的都能对的上。”邓妈妈笑着说，“老糊涂了！你看这长得多像我年轻的时候啊。”

确实看不出艾妮是邓黛的双胞胎姐姐，她俩一个像爸，一个像妈，加上艾妮脸部受伤，更难辨认。邓黛插着话，说：“难怪见面觉得在哪见过呢，眼熟。我和姐姐之前见过几次，总感觉像谁，妈，你看你发福了，我哪知道你年轻时候长什么样子。”

“还有几次？我怎么不知道？”我好奇地问着，搬了把椅子给邓爸爸坐。

52

一家人团聚，有说不完的话，一直聊到了凌晨 5 点，才有了一丝睡意。我给他们做好了早餐，躺客厅沙发上睡着了，醒来的时候，已经是中午。邓爸爸吃完早餐就回家睡觉了，母女三人挤在艾妮的房间睡着了。

邓妈妈强烈要求她们的“邓妮”回家住，但被拒绝了，理由是怕养父母心里不好接受。两家人约了时间见面，气氛比想象的融洽，但掩盖不住邓妮养父母的小小忧伤。邓黛为了报答他们老两口，认作了干女儿。没有失去养女，又多了一个干女儿，他们也算是欣慰了不少，毕竟这么多年，他们付出了太多心血养育邓妮。

邓妈妈对于邓妮的失而复得有点用力过猛，每天早中晚三个电话，随时“破门而入”，大包小包地拎东西到我家照顾她。养父母的关心不比亲生父母少，两个母亲经常坐在一起聊家常。

邓妮溜进我的书房躲清静，向我求助：“大叔，救救我，头要炸了。两个妈妈们的关心让我有点透不过气，像坐牢了。”我笑笑，没搭理，她直接把我的笔记本电脑合上了，催促我：“快想想办法！”

“老大，别碰我的电脑，出版社催稿快催死了，万一电脑坏了，我就死定了，别理我，一边玩去。”

“别啊，我扛不住了，快想想！”邓妮摇晃着我的胳膊，鼠标掉地上了。

我捡起鼠标，说：“你跟你妹商量看看。”

“她这段时间可忙了，你没发现她好几天没出现了吗？”

我打开笔记本电脑，继续写文章，一边在键盘上打字，一边说：“这几天思如泉涌，要抓紧交稿，没日没夜的，你没发现吗？等她忙完了就出现了。”

写文章写累了，在阳台上休息，我给邓黛发了一条信息：“在干嘛？”

“忙。”

“哦！”

“喂，你在阳台干嘛？休息会儿，出门走走吧，我陪你。”邓妮在餐厅冲我喊。她把碗放下准备起身走过来，她不喝两个妈妈炖的汤了，想借机逃离出她们的“魔爪”。

“你赶紧把汤喝了，别拿我做借口，听话！”

到小区花园逛了几圈，我急着回家继续写文章，进家门后，邓妮急着上卫生间，我去冰箱倒杯果汁喝，听到两个妈妈正在说话。

艾妈妈说：“黛黛多长时间没来了，安星这天天和大姨子在一个屋檐下……”

“别多想，没事的。”邓妈妈打断了艾妈妈的话。

“我几次都要把妮妮接回家，她非不回，就待这，这事总觉得怪怪的。”

“我也说过这事，黛黛说没事，妮妮担心回我们家会伤害你们老两口的感情，所以就住这了。”

拿完果汁，没听完她们的对话，我就偷偷回到书房，避免被发现的尴尬。邓妮早就坐在那躲清静，一脸疑惑地问我：“怎么了？表情不对。”

“我说啊，你要不就回单位，要不就回两个妈家，能不在我这晃悠吗？两个妈都感觉不对劲儿，你妹也不太对劲儿。”

“怎么了？说什么了？”

“可能是觉得咱们这关系有点别扭吧。”说完，我就忙自己的了，邓妮也不知道该怎么回应，不说话了，在一旁自己玩手机游戏。

我已经连续加班加点赶稿子很多天了，饭都是端到书房吃的，困了就躺椅子上打盹，醒了继续写。邓妮偶尔进来闲聊几句，问问写到哪了，告诉我外面的世界又发生了什么大新闻。

我每隔几天都会问问邓妮：“你恢复所有记忆了吗？”她总是摇摇头说：“很多事情都忘了。”然后再补一句，“想起来就告诉你。”

“你这也好的差不多了，都活蹦乱跳的，什么打算？”我一边吃着面，一边核对着稿子。

她放下手中的杂志，说：“赶我走？”

“你又不认识我，在这干什么？还赖着不走啦。”

“我就是觉得在这安心，没别的，我又没占你便宜，不行就给你交房租好了。”

“你没发现邓黛多少天没出现了吗？哪有忙这么久的？不觉得她是故意的吗？一定是生气了。你心真大，我忙着都忽视这事了。”

“我每天都跟我妹聊天，没事的，是真忙，都以公司为家了。等忙完这阵子就好了，你不也忙吗？就属我是闲人。”

新书总算完稿了，给邓黛打电话汇报情况：“邓总，今晚有空吗？一起吃个饭吧？”

“哟，你还记得打电话啊？”

“当然了，想吃什么？”

“就别出去吃了，我把手头上的工作忙完，这段时间会很闲，晚上给你在家做饭吃，好吗？”

“好的，做什么呀？我去买菜。”

“你想吃什么就买什么。”

我挂完电话，走出客厅对邓妮说：“收拾收拾，咱们去超市购物，今天晚上在家加餐，邓黛回来掌勺。”

“这么开心？我做的有那么难吃吗？”邓妮有点不高兴的样子。

我们各自回卧室换好了衣服，开车去超市。很久没有出门，居然有点不太适应，开车的速度都变慢了，加速的时候伴随有头晕的状况。在超市选购东西的时候，整个人都不舒服，可能是因为长时间没有运动。

“你怎么了？手抖。”邓妮看着我拿着一块牛肉在颤抖。

“没事，可能是长时间没出门，有点儿不适用外面的气候，一会就好了。”

53

在超市买好东西回到家，邓黛已经在厨房忙活了，看见我和邓妮回来，说：“回来了？安星你把菜拎到厨房来，姐姐休息吧，我一个人就行。”

“今天咱们喝点红酒吧，总算大功告成了，好久没有正儿八经地坐在餐桌上吃饭了。辛苦了哈，我给你捏捏。”我给邓黛捏着肩，她做着菜。

“行了，去歇着吧，一会就好。”

菜上齐了，三个人就坐，我端起酒杯先说话：“今天咱们得好好喝一杯，好多话要说，你们都别插话，听我先说。”

邓黛先和我碰杯，说：“废话这么多，先干一杯，谢谢我这一手的好菜！”邓妮跟着和邓黛碰杯，两姐妹先喝上了。

“我还没说了，就喝上了，严肃点！一直想说说我们之间的缘分，一直都没有找到机会，也不知道该怎么说。”我干了杯中的酒，接着说，“今天正好都在，先澄清一个事情，之前各种阴差阳错，我们之间的关系都是忽闪忽闪的，其实我和你们任何一个都没发生过什么，都是清白的。”

她们俩对视了一下，然后笑着点头：“嗯！”

我借着酒劲想继续说，嘴却不听使唤，大脑“嗡”的一声，眼前一片黑，趴在桌上不省人事了。

感觉身体轻飘飘的，我起身站起来，安抚她们别紧张，她们俩摇晃着我的身体，冲我喊：“怎么了？醒醒！别装了。”

看着另一个我，我明白发生了什么，我好像是死了，或是灵魂出窍了。任凭我对她们说什么，没人听得见我的声音。

邓妮有急救经验，把我放平在沙发上，维持着我的正常呼吸和心跳，邓黛打电话叫急救车，很快把我送到了医院，诊断为突发脑溢血。

邓黛对邓妮说："你先回去休息吧，这里由我看着就好。"

"还是你回去休息吧，这么多天工作那么忙，别又累倒了一个。"

"你别争了，休息好，明天再来换我，这不能离人，护工照顾不如我们自己贴心。"

我站在病床前，看着她们在争执，想劝她们都回去休息，我都灵魂出窍了，一时半会肯定是醒不了。

"在病房耗着，别再累坏了一个，可就太不应该了。"邓妮拗不过妹妹，先回家了。邓黛一个人坐在病床边，看着我，握着我的手说："这是怎么了？事情怎么就这么曲折呢，才都好好的，怎么就躺着了？"

这事太突然，完全不是我能控制的，写作原以为是脑力劳动，一坐下就是两个月，变成了体力劳动，身体都累成豆腐渣了。

邓黛对着病床上的我说了一晚上的话，从六岁第一次相遇开始，一直到现在，期间发生的所有巧遇、所有的故事，像电视连续剧一样，原原委委地讲了一遍。她讲累了，趴在床边睡着了，等到早晨护士换药时，她才又坐直了看看手表。

邓妮拎着早餐走进来，说："你回家睡吧，我休息好了，白天人多，不会有什么问题的。"

邓黛起身伸了个懒腰，说："好吧，记得看着药，别反血了。"她指着输液瓶叮嘱着，拎着包走出病房。

“如果能听见我说话，动动手指头。”邓妮握着病床上我的手说着，我站在床尾看着，如果她能看见两个我，不知道是什么心情。

我有点累，想睡会，和病床上的我躺在了一起。躺下后，睡意全无，但睁不开眼睛，想用手揉一揉眼睛，却只有大拇指能动，胳膊怎么都抬不起来。邓妮看着我的指头动了两下，起身按了呼叫护士的按钮，护士急忙小跑到病房查看情况。

“我刚刚看见他手指头动了。”邓妮对护士说着，用力搓着我的手心手背，说，“如果能听见我说话，再动动手指头，好吗？”

所有的动静我都能听得很清楚，身体却完全不受自己控制，手指头怎么都动不了。护士安慰邓妮：“可能是您累了，有点错觉，不过没关系，慢慢会恢复的。有空就跟他多说说话，隔半天给他捏捏手脚。别着急，需要时间。”

我有点口渴了，可是没有办法动身。邓妮好像感觉到了什么，从带来的袋子里找出保温瓶，倒在杯子里用勺子盛给我喝。我的嘴唇张不开，水是从嘴角渗进喉咙的。每隔一个小时，邓妮就重复着渗一次水。

上午阳光明媚，邓妮把窗帘完全拉开，阳光直接照在我的脸上，一会我就热得发烫，她傻呵呵的对我说：“晒晒，除霉，别不乐意啊，在家就很烦你拉着窗帘在书房写书，每天我给你拉开，你给我合上，逗着玩儿是吗？来啊，起床拉窗帘，来！”

一直很奇怪，我每天都在关上书房的窗帘，却根本就没有想过是邓妮给我拉开的。我关窗帘其实是因为阳光太刺眼，看电脑屏幕费劲。

“昨晚，我妹给你换尿不湿了吗？”邓妮掀开我的被子，准备脱我的成人尿不湿。这个状况非常尴尬，因为晚上邓黛是暗着灯光换的，这大白天赤裸裸地暴露在阳光下可受不了，我挣扎着想捂着，但只动了几个手指。

邓妮一边给我换洗，一边嘲笑我：“别不好意思啊，早看过你的裸体了，别害羞啊，一会儿就好。”

“呃，妮妮，你在干什么？这事怎么能你干呢？请个护工来。”邓妈妈打开了病房的门，后面跟着邓爸爸。

“护工不上心，我妹不让请，自己人照顾好点。”

“那也不能这样啊，你一个大姨子给妹夫擦屁股，这不太好！他爸妈怎么还没到？”

“他们在国外，他爸在生病，他妈照顾着，怎么来？我们照顾着，能行的，都一家人，就不讲究那些了。过些天他们好了会回国，那时也许安星都康复了，省得老两口看着伤心。”

54

“我陪你爸去检查一下身体，一会儿再过来。”邓妈妈把包放下，就和邓爸爸走出了病房。

“哦，去吧，有我呢。”邓妮做了一个苦瓜脸的表情，等他们出门后，说，“我怎么就成了大姨子了？你们确定了关系？不是说了什么都没发生吗？”

这问题本来是喝完红酒要说的，但是我却突然成了植物人，现在完全没有办法把关系说明白，也说不明白。还好我已经躺着了，不需要解释什么。我心里是笑着的，但脸上的神经却没有任何反应。

“跟你说个秘密，反正你也听不见。我受伤出院不久，大脑记忆就慢慢恢复了，没告诉你，哈哈。总想和你好好聊聊，你不是写文章就是看书，没机会。现在好了吧，躺好了听我讲就行。”邓妮靠在沙发上，看着我说，“从中学那会儿开始讲起吧，除掉六岁时的那个事故，当时没记住你是谁，中学才算第一次撞个正脸。那时搬到这座城市，我妈带我去逛街，路上遇到小偷，他在前面跑，我们在后面追，你在很远处看见了，使了一个脚绊子，小偷摔了一个狗吃屎。你抢回钱包把那家伙踢跑了，没留名留姓，活雷锋呀，我喜欢。”

邓妮絮絮叨叨地讲着她的故事，我听着有点犯困，人却飘了起来，站在床边精神抖擞地看着病床上的自己，这又是灵魂出窍了吧。如果这么循环，我猜灵魂是不会睡觉的，那就继续听她聊过去。

“我小时候可是拿过武术冠军的，为了奖励我，爸妈允许我一个人暑期旅行，其实他们还是跟在屁股后面。正好初中毕业，暑假也没什么事情。这就第二次见到你，这次可是我救你，还献出了我的初吻，你掉水库里了，我把你救上来，给你做的人工呼吸，你这条命是我捡回来的，也不感谢我一下。”

我深深地给邓妮鞠了一躬，说：“感谢您的救命之恩。”然后坐在她旁边的地上，仰视着她的脸说，“可惜你听不见，怎么感谢，你看看那瘫着的肉，算是完了。”

“你要感谢我，就赶紧醒过来，好不容易熬到柳暗花明，这算什么？难道要我和一个木乃伊过完这辈子吗？”邓妮看了看时间，起身给我倒水喝。

我跟着邓妮一起弯着腰，看着我的脸，我从来没有这么仔细地看着躺着地自己，面无血色，胡子拉碴，嘴唇还有点干裂，我摸着自己的脸说：“是不是要刮刮胡子了？”

“是不是该刮刮胡子了？”邓妮和我异口同声地说，她放下水杯给邓黛发信息：“来的时候带一把剃须刀吧。”

“刚上大学那会儿，学习和生活都挺无聊的，我想着去当兵，也顺利应征入伍。当我在离开学校的车上看见你开车进入学校时，你知道我怎么想的？复杂死了，既为看见你而高兴，又为自己的离开感到悲伤。那一瞬间我想做个逃兵，车子开得太快，没来得及，就已经走远了，哎！”邓妮深深地叹着气。

我自言自语：“这缘分还挺有意思，你妹妹昨晚也说了在大学的事情，你们居然没有遇见？大概是没有在意吧，不知道擦肩而过多少次。”

“后来工作了，又在不同的地方看见过你，你就从来没觉得我很脸熟吗？”邓妮站起来走到窗台前往外看，回头说，“对了，想起一个事情，你谈过几个女朋友？从来都没有听你提起过，但是，我明明看见过你和其他女生回家。”

我挠着头，尴尬极了，说：“这个事情之前问我，那还真解释不清楚，昨晚才知道那女生应该是邓黛。她很多次都在我不知道的情况下照顾我，送我回家。你听不见，我也没法解释啊。”

“不过你不用解释，我又不是你女朋友。无所谓了！你说你都这样了，还能有人要你吗？”

我走近邓妮，盯着她的鼻子说：“那次车祸后，我不是跟你说过了我的遗嘱吗？如果再遇到我不能自理了的情况，就让我安乐死得了。”

“还有个秘密，告诉你。前段时间邓黛一直躲着你，是因为她放弃了，说把你让给我。我没客气，就接着你这个烫手山芋。”

“傻姑娘，这是你妹心疼你。她昨晚吐了很多苦水，明明是你哭着喊着说有多喜欢，她念及你走失这么多年吃的苦，让啊让，真服了，她已经不是第一次让了，那次去大理开店也是让着躲着。搞不懂你们姐妹的脑子里都在想什么。”

邓黛在家补完觉，已经是下午了，洗漱完就赶到医院，让邓妮回去休息，看天色还早，两人在病房里闲聊着。

“我上午看见他动了动手指，后来就没动静了。”邓妮忧伤地端着杯子喝水，也给我喂了一勺。

邓黛走近病床，握着我的手，问：“姐，你想想他动指头的时候是什么情况？应该是有什么刺激吧？”

“没啊，我就对着他说，让他动动手指。”邓妮停顿了两秒又说，“我也是这样摸着他的手。”说完，她把邓黛的手挪开，握着我的手说：“安星！能听见吗？能就动动手。”

我听着邓妮说话有点犯困，栽倒在病床上，灵魂像又回到了身体上，头晕了一会，邓黛接过我的手，说：“能听见吗？我是邓黛，能听见就动动手指。”

她俩盯着我的手指，时间一分一秒地过去，我用尽吃奶的力气，动了动小拇指，告诉她们我能听见。邓妮跑出病房去找护士，正巧看见邓爸妈在值班室和医生聊天。

邓爸爸说：“小王，安星的情况有多大希望？”

王医生若有所思，看看桌上的资料，说：“邓院长，您是专家，应该能评估。”

邓爸爸接过一大堆检验资料，一张张地翻阅，摇着头对邓妈妈说：“这事不好说，目前看，一时半会儿好不了，哎，再观察吧。”

“院长慢走。”邓爸爸出门撞见艾妮，王医生紧接着问，“怎么了？醒了？”

“没醒，但动了手指。”

王医生带着护士和学生，一群人走进病房，拿我当了小白鼠现场教学，邓妮的脸色变得难看，直接当着医生的面，说：“不好意思，能不能先不讲课，打扰病人休息了，合适吗？”

大家没有遇到过这种情况，都愣着没说话，邓爸爸打圆场说：“这是他们的工作，不积累经验就没办法提高医术，一会儿就好了。”

“不好意思，马上就好。”王医生解释着。

等人都走了，邓爸爸说：“既然大家都在，那就开一个家庭会议吧。”一家人围坐着，邓妈妈示意俩姐妹别插话，先听着。我没坐起来，躺在病床上听着。

“情况不太好，乐观地说，能苏醒，但很难完全康复，要使用轮椅，或者出现肢体不协调。按以往的经验看，不排除一直这样。这事情还是要他家人处理，毕竟你们都还很年轻，明白爸爸的意思吗？”

邓黛很生气地站起来：“爸！怎么可以这样！不可能！我肯定不会放弃。”

邓妮扯了扯邓黛的衣角，说：“你别激动，这和你没关系啊，不是说好的让给我吗？你们不用管。”

邓妈妈看父女几个要吵起来，赶忙插话，说：“都别急，这不是在商量吗？总会有办法的。”

“孩子们，你们还年轻，不懂生活，你们要知道这意味着什么，要端屎端尿伺候一辈子，所有的生活都不会正常。我看见过太多家破人亡的情况。现在还只是朋友，又没有法律上的义务，你们要明白作为一个父亲的良苦用心。”

邓妮沉住气，说：“对的，安星和你们确实没有什么关系，大家不用因为他的事情闹翻，你们回去吧，我照顾就行。从法律层面上说，我和你们是没什么关系的，这个是事实。不吵了，啊。”

病房里的气氛僵持着，邓妮起身走到病床前，牵着我的手说：“我知道你能听见，别怪他们，这是人之常情，不用担心，我会陪着你的，好好养病，啊？听话！”她的眼泪哗哩吧啦地落在我的手背上。

55

邓黛把父母劝回家，敷衍着他们过段时间再讨论，然后牵着邓妮的手安慰着：“爸爸不是不管，他肯定会安排最好的医治方案。之前我把安星让给你，是希望你能幸福，毕竟你的喜欢不比我少。但现在这种情况，你以后不会幸福的。我还是收回来吧，本来我就没有和安星说分手，他的脑海里，我还是他的女朋友，不是吗？”

“你怎么可以这样？你和他什么都没发生过，按常理我们都是公平竞争，我也不一定会输给你，何况我是你姐姐，之前又约定过，别争了，好吗？”

“姐，你就别争了，他现在这个样子，你从小已经够苦了，我不想你这么辛苦下去。再说了，他有多喜欢我，你难道感觉不出来吗？”

“这个不是一回事，不能扯到这上。目前是你让给了我，他就是我的，其他的不说了。你回去吧，我能行。”

她们争执了很久，没有结论，互相妥协的结果是等我康复了再讨论，暂时都当家人，都好好的。

真是亲姐妹，刚刚吵得不可开交，到了晚餐时间，居然点了外卖到病房吃。虽然我的身体不能动弹，但还是有嗅觉的，那个香味扑鼻，居然想咽口水。咽喉动不了，口水和浓痰把气管堵住了，快憋死了，我起身透透气。

躺着的我却没有了心跳，监控在报警，“嘀嘀嘀”的一阵刺耳响声，她们急忙把碗筷放下，邓黛跑出去喊医生，邓妮做急救，我坐在沙发上看着躺着的自己被救。

虚惊一场后，她们的视线不敢离开病床上的我，害怕又出现什么问题。邓妮收拾完，就回家休息了。邓黛坐到床沿边抚摸着我的脸，说：“等你醒来，你会怎么选择，谁？”

我坐在沙发上听着邓黛给我讲故事，关于她的世界，她的点滴。我想哭，却没有眼泪，这大概是上天的独特设计，灵魂是不会哭泣的，因为与这个世界无关了。

邓黛抽了一张纸巾，给病床上的我擦眼泪，自己也擦了擦脸上的泪水，说：“你会好起来的，这不已经能听见我说话了，还能流眼泪，多好，有我在，一切都会好起来，加油哦。”

又是一个不眠之夜，情绪一直很稳定的邓黛，说着说着就哭起来，说一会儿又笑呵呵的，情绪起伏很大。到了早晨，邓妮拎着早餐进病房，把东西放茶几上，就走到病床前看看我，问：“昨晚还好吧？”

“他没什么事，我给他讲故事了，已经会流眼泪了，应该快醒了吧！我也不知道他什么时候睡着，什么时候醒来。”邓黛走进卫生间洗漱，在里面还和邓妮聊着，“刚刚才换过纸尿裤，也给他按摩了手脚。”

“行了，我都知道的，之前他住过两次院，都是我照顾的，没事的，你放心回家睡觉吧，今天晚上还是我在这，你就不用来了，别耽误公司的工作，反正我闲着。”

很长一段时间两姐妹就这样倒班照顾我，我的病情没有好转，在医院的意义已经不大了，医生建议转去康复中心护理。邓妮不同意去康复中心，医生经过检查评估后，才允许把我接回家护理。我每天就躺在邓爸妈家的一楼卧室，活着和死了没有区别，大部分时间灵魂离开身体，只有在邓妮接触我的时候，灵魂才会附着在身体上，进行动动指头、动动眼球之类的简单动作。

在帮我擦拭身体的时候，邓妮脖子上戴着的观音吊坠滑出了衣服，她拿给我戴在脖子上。我能感觉到胸前的温度，因为吊坠带着她的体温。全身一阵麻酥酥的感觉，皮肤上的鸡皮疙瘩全起来了，我睁开了眼睛，看着天花板。

“啊！你醒了？别动，别说话，别激动，保持稳定。”邓妮故作镇定地指挥着我。

我眨了眨眼睛，又闭上了。邓妮抚摸着我的脸，说：“别睡，醒醒！我叫我爸过来看看，千万别睡，听懂了眨一下眼睛。”

我眨了一下眼睛，告诉邓妮我明白了，虽然眼皮沉重，特别想犯困。等邓爸爸从楼上下来检查，情况有所好转，为我补充了葡萄糖，我能感觉到自己的体温，又睡着了。

再次苏醒是两天后，感觉到想吐，嘴巴插着喂食的管子，太难受了，我睁开眼，等了好一会儿，邓黛才看见我醒了，说：“不好意思啊，刚刚去洗头了，你什么时候醒的？哪能动？”

我尝试着动动嘴唇，邓黛问：“口渴眨一下眼睛，想说话眨两下，想吃东西眨三下。”

我眨了三下眼睛，邓黛尝试着把喂食管抽出来，我一阵恶心后，把中午喂的流体食物全喷出来，又落在了自己的脸上，枕头、被子全脏了。她也没顾得上清理，先擦干净我的脸，赶紧抱着我的上身，喂了很多温水，咸咸的，像是盐水。我想说话，嘴唇在动，却没有声音。

自从醒了，我的灵魂就再也没有从身体里出来过，完全失去了自由，每天躺着，也无法偷听她们两姐妹的悄悄话。每天干的最多的事情就是眨眼睛，像二战时期玩摩尔斯电码，眨眼的次数不同，表示的意思也不同。

坐、卧这种简单的动作，我花了很多天才慢慢重新学会。我的手颤颤巍巍地能够握住勺子，邓妮给我拿来了笔，写了一手烂字。又从零开始练习写字笔画，我嫌慢，和他们开始了默契大考验。

“这个是画了一只鸟吗？”邓妮看着本子上的涂鸦问邓黛。邓黛捂着嘴笑，跑去卫生间拿尿壶。

“真棒，现在会自己尿尿了！”邓黛看着我面无表情地在躺椅上，身上盖着毛毯，问，“尿不出来？”

怎么可能尿得出来，没知觉的时候自然尿了，有知觉的时候，被人盯着撒尿，正常人都不可能自如面对。我急得一直在眨眼，邓黛才明白意思，背过身去。

“这画了一个太阳，是不是要出门？”邓黛问我，我眨眨眼睛。

邓妮拿着一张纸给我看，上面写着各种日常用语，主要是我的需求，全部是代码，“KK”表示口渴，“NN”表示尿尿，“SJ”表示睡觉。

我身体恢复的速度远比预想的要快。当我已经可以缓慢行走时，邓妮要求回我自己家，她不想继续打扰邓爸妈。我也觉得很不好意思，打完招呼，收拾行李就回家了。

邓黛又回到了之前平静的状态，偶尔来看看我，不像在医院那阵子那么亲，那么喜怒哀乐。不知道她们又商量过什么，可以确定的是她又把我让给了她姐。

“过几天我出国了。”我坐在轮椅上说着，邓妮推着我在散步。

“你这个样，怎么去？去了干什么？谁照顾你？什么时候回来？”

“你还是回到自己的生活里吧，咱们不会有结果的，你找个好人家就嫁了吧。我也不会和你妹妹好上，她现在也慢慢回到了自己的生活中，这都好几天没看见人了。”

艾妮停下脚步，转身站在我前面，说：“不行！”

“你就放过我吧，好吗？”

“你敢走，我就敢死给你看。”

“不至于啊，咱们也没正儿八经谈过恋爱，不至于有多深的感情吧，反正我没有。”

“那你和她有吗？”

“当然也没有，才确定关系没两天，就发生了很多事情，还没来得及谈恋爱呢。这不是说过了吗？之前那些幻觉也只是梦境，不能代表什么。”

“你不是说很喜欢她吗？”

“我也喜欢你啊，这能代表什么？喜欢又不一定要在一起。”我不敢正视邓妮的眼神，侧着脸看着一对在散步的老人。

56

邓妮在客厅看电视，手里剥着花生。我在阳台上练哑铃，恢复上肢的力量。她问我：“你看这电视剧，男女主角奋不顾身地在一起，你为什么就不能热烈一点？”

“我怎么了？看个电视还能搭上我！”

“你这种不拒绝、不接受、不反抗的行为，就是耍流氓，知道吗？社会上定义为渣男。”

“是吗？我渣了？”我放下哑铃，站上跑步机开始慢走训练。

邓妮走到跑步机旁，说：“你倒不是很渣，但这种不清不楚、不前不后的状态，算暧昧吧？你怎么想的？”

“我没怎么想，这事被我摊上了，算是命中注定吧？你知道吗？每个人在这个世界上有 7 个真爱，如果按正常的概率计算，每天遇到 100 个陌生人，把全世界的人兜一圈，遇到一个真爱需要一万多年的时间，所以真爱并不容易遇到。99% 的人一辈子只是凑合过日子，同床异梦。有人却神奇地遇到两个以上，在现有的社会价值和道德评判里，这个人一定是渣的，他必须做决定。如果不被贴上标签，那就是弃权，让真爱去遇到他们的下一个真爱。不知道你能听明白吗？”

“你这歪理，我不懂，我只知道你没有选择，必须选我。”

“如果选你，你妹妹怎么办？有想过吗？”我停下脚步，休息片刻。

邓妮反驳道：“你不是说有 7 个真爱吗？即使她失去你，还有 6 个在等着。只是我不想等下一个。”

“如果我选她呢？你不是也还有 6 个吗？她为了你，放弃了自己的真爱，你不觉得她爱你超过了对我的情感吗？”

“我不管，经过这几次生离死别，我做不到那么大方，我必须争取。如果没有你，我也不活了。”

争吵得累了，我回到房间，躺在床上翻来覆去睡不着，我打开手机给邓黛发信息：“睡了吗？”

“没。”

“你还好吗？好些天没看见你。”

“我每天都通过姐姐拍的照片看见你。”

“哦，我怎么不知道 ?”

“好好对我姐吧，我睡了，明天还有工作。”

早上起床没有晨练，收拾完东西给邓妮留了一张字条：“我已经恢复得差不多了，想去乡下转转，过些天也许想明白了，再给你一个答案，照顾好自己，我会好好的。”

和同学联系好了，去他父亲的杨梅山住一段时间。那里有漫山遍野的杨梅树，山坡上有间工人住的房子荒废了很久，我去收拾好，住下了。

山上的空气真好，天刚蒙蒙亮，我就起床了。走在山间的小路上，不知道起点在哪，也不去想终点在何处，漫无目的地散步。走到小溪边，蹲着看水里的小鱼，直到太阳升起来，起身看看山坡上的那间小房子，我给它取名叫“寒舍”。

同学送来一只土狗，他气喘吁吁地到了寒舍，一屁股坐在门槛上，说：“你这怎么还关机呢！我还以为你死了呢！这挂的什么？寒舍，我去，不如叫茅舍，何必住这么破的地方，山下房子多着呢，你随便挑房间住。”

“你懂啥？我想清静，以后给我飞鸽传书好了，下次带一只鸽子来。手机信号不好，我干脆给关机了。这土狗是几个意思？”

“说什么呢！这叫中华田园犬，给你玩，陪着你，看家护院，管用。我忙着呢，走了啊！”他说完就拍拍屁股下山了。

花了足足一个月的时间，我一个人一点一点地把寒舍改造成我想要的样子，那条所谓的中华田园犬荣升为二当家，名字叫作“二不”。我还买了一头羊放院子里养着，给它取了花名叫“不知道”。准备养肥一点，等邓黛和邓妮来的时候就吃烤全羊。

寒舍什么都没有，无聊了一段时间，开始写我的新书了。“二不”每天和我形影不离，我还时不时地跟它对话两句。

“‘二不’，人们的生活那么忙碌，都是为了什么？哎，也不知道她们怎么样了。”

“二不”摇晃着尾巴，走到院子里趴着晒太阳，我追问：“你要去问‘不知道’？它是一头羊，肯定不知道。”

“不知道”在院子里吃草，“咩”了几声，“二不”“汪”了几声，算是大家在讨论，反正我听不懂，继续低头写文章。

我自己在后院种菜，自己摘菜，自己在寒舍做菜，活得与世隔绝，烦恼减少了，思念却在逐渐加深。打开手机，看看她们在干什么，我又关机继续与世隔绝。

我端着饭碗坐在门槛上，一边晒着太阳，一边吃着饭，把一块肉扔给“二不”吃，路过的工人冲我喊话：“吃着呢？一会我们下河捞鱼，去不去？”

“去啊，必须去！”

乡村的生活简单而又充实，跟着工人们一起张网捕鱼，拎了几条小的放院子里的水缸中养着，一天的时间很快就过去了。每天写文章写累了就到树林里帮着工人干活，累得一身臭汗，回家洗个热水澡，能睡一个晚上的好觉。

“‘二不’，吃饭了！”我吃什么，它也吃什么，多做了半碗面，夹了半条鱼在“二不”的碗里。

吃完饭，我照例躺在摇椅上睡午觉，“二不”有点反常，没有和“不知道”聊几句汪星语。迷糊中，我半睁开眼，看见“二不”悄悄溜出了院子，不知去向，大概又是去和它的小白约会了吧。

最近灵感迸发得厉害，我总是写到深夜。趁着天气好，想多休息会，直到太阳快下山，我还在躺着。“二不”每到傍晚会叫我做晚饭，它站在写字台前摇尾巴，跟着我进厨房，等着赏点什么好吃的。今天它似乎也犯懒了，狗影都不见一个。

邓黛拎着包走进院子，看见我，并没有打招呼，径直走进寒舍去打扫卫生。金色的夕阳映照在屋内的墙壁上，墙上挂满了我和“二不”的自拍照，还有一些风景照。她取下一张小花的照片看了很久，因为背景是我的皮鞋，皮鞋上满是灰尘，我当时用手指在鞋尖上画了两个符号，“I”和“U”，中间的地上画着一个心形，周边散落了许多小碎花。

写字台上有我的本子，邓黛坐下来翻看着。我平时想到什么，都会写在上面，那本子不是日记，但记录了很多日常的片段。不想用文字表达的时候，就在上面涂鸦。电脑旁边放着一杯没有喝完的杨梅酒，酒精度数不高，但酒瓶已经空了。一般我心情好才在中午睡觉前喝点。

妈妈说，头要凉，脚要热，身体才能健康。每当感觉不舒服，我就会穿着那双“黄鼠狼”靴子，它就一直静静地在写字台下面，随时备用。邓黛脱下自己的鞋子，穿上了我的靴子，左右看看，说：“这么厚，不怕长痱子吗？”

57

邓黛拖着我的大靴子走到了门口，坐在了门槛上，举起手中的照片，翻译着照片里画的符号:“I LOVE YOU？”她无力地靠在门框上，继续说:“你爱谁？到底要怎样？”

我就坐在离邓黛不到一米的摇椅上，“二不”趴在摇椅旁，这只“死狗”总是懒洋洋地不听使唤。让它趴下，它就站着。让它立正，它却趴下。我用脚踢踢“二不”，说：“趴下！”“二不”立刻站了起来，无辜地看着我，好像在问：“老大！干什么？别打扰我休息，可好？晚上还有个约会。”

“大叔，从小我就知道我的命中有你，不管什么时候，不管什么地方，我都觉得你就在身边，永远不曾离开过。我怕受伤，我怕不真实，我怕你为难，我怕……所以顺其自然。有时会觉得自己在逃避什么，有时又觉得很多事情都是命中注定的，不必争取。”

我没有打断邓黛说话，她很少这样表露心声，这也是我的一个极大的弱点。

“虽然我很自信，任何人都不可能抢走你，但你心里有我，却不争取，我只能等，难道要我主动？看着姐姐那么喜欢你，我能怎么样？难道要争吗？你为什么不做选择？你告诉我，为什么要逃避？”

我起身准备蹲下来安慰邓黛，她却起身躺在了摇椅上，像个没长大的小姑娘，自己在摇摆着，问：“你也喜欢这样吗？”

我顺势坐在门槛上，说：“我在医院的时候，才听你讲了从小到大的事情，原来以为我的幻觉只是自己的事情，我却并不知道我们的缘分早就开始了，更不知道你对我的感情有多深，我怕受伤，我不敢争取。如果是命中注定，不管发生什么，我们最后都会在一起，不是吗？”

邓黛仰望着手上的照片，在空中遮住阳光，一闪一闪地变换着光亮，继续说：“姐姐告诉我关于你的很多事情，好像她比我更了解你，我不确定你跟我在一起会比跟她更幸福，毕竟她和你生活了很久。”

太阳已经下山，远处炊烟袅袅，该到做饭的时候了，“二不”还没回家。我走进屋内打开灯，可能是停电了，灯没有亮。正准备去找蜡烛，邓黛从摇椅上起来，在门口把灯打开了。我喜欢看星星，和年龄无关，从小到大都喜欢。邓黛看见我的床头挂满“星星灯”，走近了，说：“一个大男人，搞这么花哨干什么？”

我也走到床前，指着屋顶说：“我还没把屋顶换成玻璃的呢，直接看星星，节能环保。等新书写完就抽空弄一个。”

“你准备在这儿躲多久，如果我不来找你，你是准备一辈子躲猫猫吗？”说完，邓黛就躺在床上，看着屋顶，渐渐睡着了。

我走到厨房，吃了点烤红薯，坐在写字台前继续写文章。“二不”不知道什么时候溜回家了，在床腿边睡觉。我写着写着，累趴在写字台前，醒来的时候已经是早晨了。邓黛不知道去哪了，什么都没留下，带走了我的本子。

牵着“二不”去散步，走在山间的小路上和工人们打招呼，因为多亏他们的照顾，我才能在寒舍生活得很安逸。我顺手拔了两把花生回去，准备煮花生吃。打开门，我却看见邓妮正在写字台前写东西，我想给她一个惊喜，偷偷走到她的身后。

“如果还有来生，在第一次见面的时候，我就会抓住你，别想离开。我才不管是谁主动的，喜欢就要争取，因为，你命中有我……”我偷偷看到邓妮写的一小段内容。

邓妮放下笔，合上纸，拿起烛台旁边的打火机，点燃了刚刚写的几页信纸，向门外走去。等我反应过来，她手上燃烧后剩余的纸片也被抛在了空中，落在了地上。我急忙用脚踩灭火焰，只剩下了几个字。我捡起纸片问她：“干嘛写了又烧了？”

“你好好的吧，我有空就会过来看你。”邓妮说完就走了，留下我一个人傻傻地站着。她走到院子外，还回头看看，我才意识到要追出去，但脚却不听使唤，扶着摇椅的把手躺了下去。我捡起了昨天邓黛取下的那张照片。“二不”在撕扯着我的裤角，我看着左手拿着的纸片，上面是邓妮写的字：你命中有我。我抬起右手，看着手上的照片，手指慢慢松开，照片掉落到身上，翻转成了背面，上面是邓黛写下的留言：我爱你！

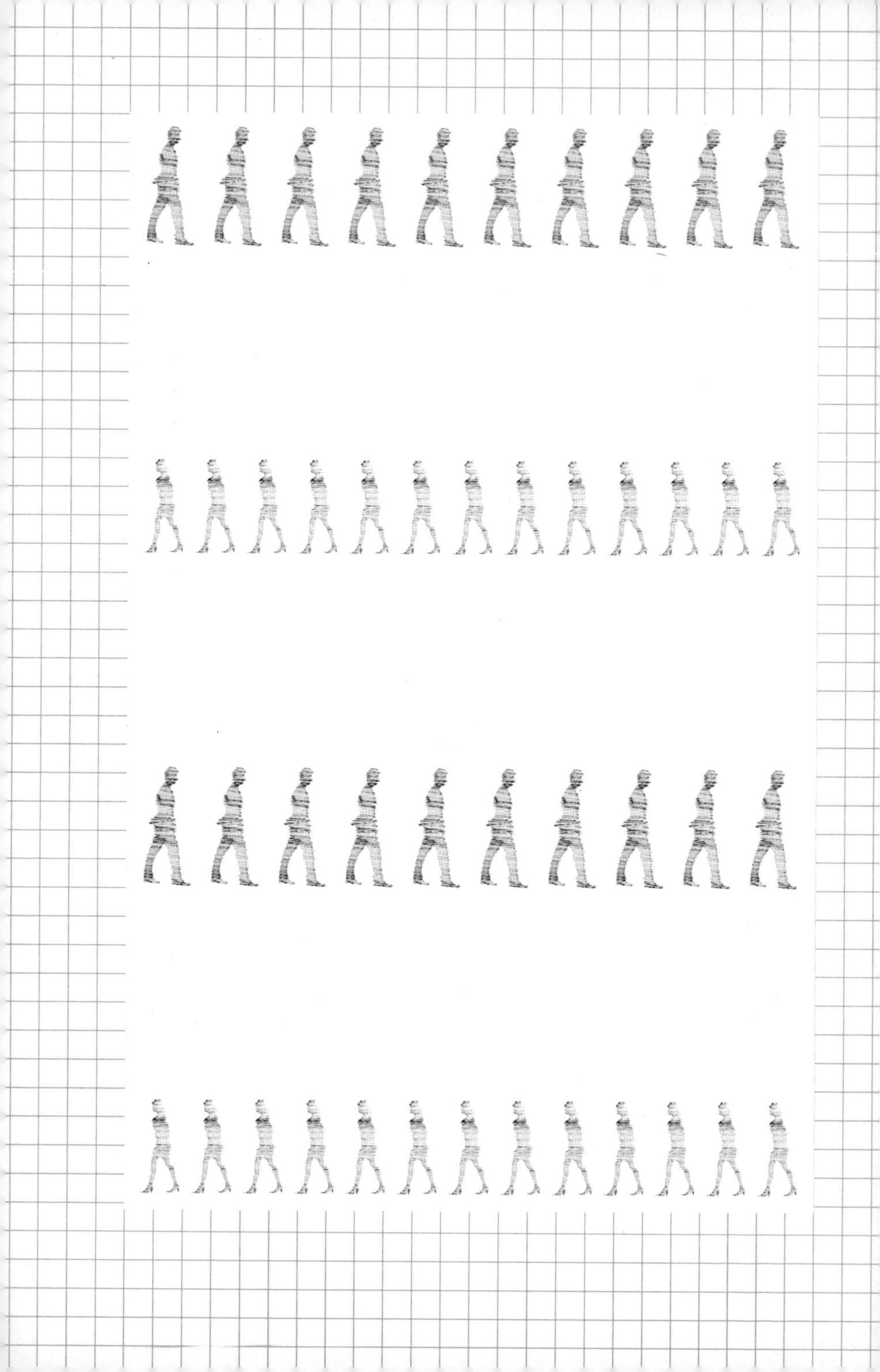